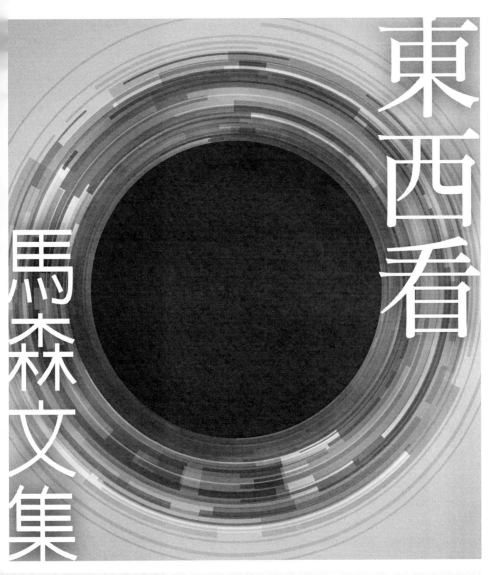

# 東西看

## 馬森文集

Sen Ma

學術卷 07

透視當代思維的先行者
對東西方文化的最深刻體察

# 秀威版總序

我的已經出版的作品，本來分散在多家出版公司，如今收在一起以文集的名義由秀威資訊科技有限公司出版，對我來說也算是一件有意義的大事，不但書型、開本不一的版本可以因此而統一，今後有些新作也可交給同一家出版公司處理。

稱文集而非全集，因為我仍在人間，還有繼續寫作與出版的可能，全集應該是蓋棺以後的事，就不是需要我自己來操心的了。

從十幾歲開始寫作，十六、七歲開始在報章發表作品，二十多歲出版作品，到今天成書的也有四、五十本之多。其中有創作，有學術著作，還有編輯和翻譯的作品，可能會發生分類的麻煩，但若大致劃分成創作、學術與編譯三類也足以概括了。創作類中有小說（長篇與短篇）、劇作（獨幕劇與多幕劇）和散文、隨筆的不同；學術中又可分為學院論文、文學史、戲劇史、與一般評論（文化、社會、文學、戲劇和電影評論）。編譯中有少量的翻譯作品，也有少量的編著作品，在版權沒有問題的情形下也可考慮收入。

有些作品曾經多家出版社出版過，例如《巴黎的故事》就有香港大學出版社、四季出版社、爾雅出版社、文化生活新知出版社、印刻出版社等不同版本，《孤絕》有聯經出版社（兩種版本）、北京人民文學出版社、麥田出版社等版本，《夜遊》則有

爾雅出版社、文化生活新知出版社、九歌出版社（兩種版本）等不同版本，其他作品多數如此，其中可能有所差異，藉此機會可以出版一個較完整的版本，而且又可重新校訂，使錯誤減到最少。

創作，我總以為是自由心靈的呈現，代表了作者情感、思維與人生經驗的總和，既不應依附於任何宗教、政治理念，也不必企圖教訓或牽引讀者的路向。至於作品的高下，則端賴作者的藝術修養與造詣。作者所呈現的藝術與思維，讀者可以自由涉獵、欣賞，或拒絕涉獵、欣賞，就如人間的友情，全看兩造是否有緣。作者與讀者的關係就是一種交誼的關係，雙方的觀點是否相同並不重要，重要的是一方對另一方的書寫能否產生同情與好感。所以寫與讀，完全是一種自由的結合，代表了人間行為最自由自主的一面。

學術著作方面，多半是學院內的工作。我一生從做學生到做老師，從未離開過學院，因此不能不盡心於研究工作。其實學術著作也需要靈感與突破，才會產生有價值的創見。在我的論著中有幾項可能是屬於創見的：一是我拈出「老人文化」做為探討中國文化深層結構的基本原型。二是我提出的中國文學及戲劇的「兩度西潮論」，在海峽兩岸都引起不少迴響。三是對五四以來國人所醉心與推崇的寫實主義，在實際的創作中卻常因對寫實主義的理論與方法認識不足，或由於受了主觀的因素，諸如傳統「文以載道」的遺存、濟世救國的熱衷、個人的政治參與等等的干擾，以致寫出遠離真實生活的作品，我稱其謂「擬寫實主義」，且認為是研究五四以後海峽兩岸新小說與現代戲劇的不容忽視的現象。此一觀點也為海峽兩岸的學者所呼應。四是舉出釐析中西戲劇區別的三項重要的標誌：演員劇場與作家劇場，劇詩

與詩劇以及道德人與情緒人的分別。五是我提出的「腳色式的人物」，主導了我自己的戲劇創作。

與純創作相異的是，學術論著總企圖對後來的學者有所啟發與導引，也就是在學術的領域內盡量貢獻出一磚一瓦，做為後來者繼續累積的基礎。這是與創作大不相同之處。這個文集既然包括二者在內，所以我不得不加以釐清。

其實文集的每本書中，都已有各自的序言，有時還不止一篇，對各該作品的內容及背景已有所闡釋，此處我勿庸詞費，僅簡略序之如上。

馬森序於維城，二〇一〇年七月二十三日

# 序

金恆煒

馬森和我的文字交，至少二十年。多年通信不斷，卻從來沒有見過面。

第一次與他相見是四年前的春天，我和文翊怎麼混到倫敦大學他住的學生宿舍那間導師套房，已記不清了。不過他導師房的簡單與學生房相差無幾。他的住處與倫敦給我的初步印象很近，都帶著蕭條的氣息。那天最記得的一句話是問他：「你那麼多文章都在這裏寫的呀！」窗外看過去是嚴冬後無葉枯林的校園。

在倫敦，我覺得他是羈旅的過客；三天的談話也集中在他的寫作計畫，讀者對象完全是中國人——臺灣的中國人；我們從學校的食堂吃到中國城去；所談的也環繞著中國的政治、文學與前途。

他是應當住在中國人自己的土地上的。我們回臺灣不到半年，他也應藝術學院之聘，回臺客座，於是動了回臺久住的念頭，這個念頭像蠱一樣叮住他不放。

論起交情，我與馬森比兩代交還要多一點，他原是大哥恆杰留法的好友兼同志，他們共同創辦《歐洲雜誌》，後來成了我們家的朋友。

是先從他的文章開始認識馬森。在《歐洲雜誌》上他用了好幾個筆名，寫論評、寫散文、寫小說、還寫電影，因為《歐洲雜誌》的晚期（一共出了九期），我曾在臺參與過，所以知道每一

期馬森寫了些什麼文章。

一九六七年先父主編《大眾日報》副刊，我是他義務秘書、審稿、改稿、發稿，並兼一切雜務。那時馬森在墨西哥，每周定期為《眾副》撰寫方塊文章，同時還有一個「獨幕劇」的專刊，後來結集成書《馬森獨幕劇集》。馬森在《大眾日報》發表的文章，我可以說是第一個讀者。再後來，我大學畢業進《時報》，因工作關係，仍然與他通信不輟。

所以我們的交往，從關係上說，是兩代以上；從幅度上說，橫跨歐美，從法國－墨西哥－加拿大－英國；從時間上說，有二十年之久，從一九六五年迤邐迄今。

在倫敦那三天，我們向他約了許多稿子，後來在《人間》上出現的「東西看」就是其中之一。「東西看」這個專欄名稱還是我們取的。他的論評是針對現實而發，基本上是具有「後五四人物」的批判氣息，對中國傳統抱著批評的態度，而又受西潮極大衝擊。他所受的訓練——中國古典文學、電影、戲劇、社會學——都使他的觸角更加靈敏，談問題也常能一針見血，尤其回到臺灣，接觸到活生生的人，踩到踏實的土地上，更能接觸到問題的核心，更能把問題與西方並列同觀。

「東西看」不但是看東、看西，也是從東看西及從西看東；從生活瑣細處看到問題的深層，有的是「小題大作」，有的是「大題小作」了，但總作到讀者心坎去。怪不得在《時報》刊出時，他的信件很多，有罵、有捧、有恐嚇、有威脅，但大半是讚賞。這種種反應，成為他寫作熱誠的最大支持。也使他一篇一篇的像吐絲的蠶，將心血化成文字。

現在「東西看」要出書了，馬森兄囑我寫序，說此書來由外，兼述情誼，以為紀念。

# 目次
## *Contents*

# 羅素之死

　　本世紀最大的思想家之一波騰・羅素（Bertrand Arthur William Russell）於本月二日逝世了。

　　數學家、哲學家、文學家，和平運動者，羅素實在是這個世紀人類的靈魂之一。英首相威爾遜稱他為英國的伏爾泰（按Voltaire為法國十八世紀之文學家及思想家，對法及歐洲近代思潮影響很大），印度的甘地夫人則稱他為歷史上最大的叛徒。他對數學、文哲的成績，是人所共見的，不必多論。我們覺得羅素最大的貢獻乃在和平運動上。除了他曾竭力主張對希特勒戰爭外，羅素終其一生是反戰的。第一次世界大戰時，他曾因反戰而入獄。一九六四年他因反對英國當政的工黨政府支持美國的越南戰爭，當眾撕毀他的工黨黨員證。以後又組織公審美前總統詹森的法庭。一九六三年他組織了羅素和平委員會，專為世界上的強欺弱，眾暴寡，打抱不平，可說對促進世界的和平不遺餘力。因為他的仗義執言，無論敵友，常無反唇的餘地。就是美國的詹森，午夜捫心時，恐怕也只有感謝的吧！

　　其實世界上愛好和平的，一定大有人在。只是有的人沒有這個膽量，有的人沒有這個地位，把心裏想說的話喊出來。要不然，憑他一個將近百歲的老頭子，就是喊得聲嘶力竭，誰去理他！

　　羅素，這個世紀人類的靈魂，這個世紀人類的良心溘然而逝了。可是我們的良心是不是就此泯滅了呢？不會的！羅素雖然重

要，這個世界卻並非缺他不可。死了一個羅素，將有千百個羅素繼他而生。這個世界永遠是有希望的！

原載一九七○年二月七日《大眾日報副刊》

# 也談「原文」

　　看了元月十一日異戈先生的〈什麼叫原文〉，使我也想起了一件有關「原文」的往事。記得在大學時代，有一次跟同學們談論《紅樓夢》的問題，其中有一位自認從沒有看過《紅樓夢》。中國的知識分子沒有看過《紅樓夢》的可說很少，大學中國文學系的學生沒看過《紅樓夢》的更是絕無僅有，因此大家不免對他的孤陋感覺有點奇怪，不想他卻答道：「我等以後看原文的。」話一出口，立刻引起了闔堂大笑，大家都意會到他所說的原文是什麼意思。他自己也自知失口，弄得面紅耳赤。這已經是十多年前的事了，不想在這十幾年間，「原文」一詞有了更普及、更明確的發展。那位等以後看原文《紅樓夢》的同學，並不是多麼崇洋的，尚不免有此口誤，何況是在崇洋的氣氛中長大的年輕人了。後來我在某大學教書時，遇到了另外一件事，跟「原文」問題多少有點瓜葛。我在大學初次執教時，還是毛頭小子，教的自然只是像大一國文這種有學養的老教授不肯低就的課程。選我課的有一個理化系四年級的學生。此君選了三年大一國文，迄未及格，大概看中了我年紀輕，好欺侮，才來選我的課的。誰想他考試的結果，仍然只得到三十來分，還是個不及格。於是寫了一封長信來，對我大加指責，罵我不通人情，罵我貌似年輕，心已老邁。然而這封信不是用中文寫的，而是用英文寫的。我覺得這是很無聊的事，也就一笑了之。不想此君並不因此善罷甘休，竟親

興問罪之師。口頭上講的卻還是中國話，不然我還真得請一位翻譯不可了。我問他，我們既然都是中國人，為什麼要用英文給我寫信。他說他不會用中文寫，他是學科學的人，將來遲早要到美國去的，學中文有什麼用處？而且他小小的年紀，已經在美國的科學雜誌上發表過好幾篇文章，不用說將來一定是一位可以給中國人爭光的美國科學家。聽了這番解釋，我本來應該肅然起敬的，可是那時候年紀輕（現在算來已事隔十五年了）不懂事，對這位未來將要給中國人臉上貼金的科學家也就沒有表示什麼敬意。不但沒有表示敬意，甚至連他請求加分的要求也膽敢拒絕了。在十年後的今天，想這位只會用英文寫信的未來科學家，恐怕早已脫離苦海，在黃金國安居樂業了，自然再也不會有被迫使用中文，或參加中文考試的煩惱。這件事也可以說明，在崇洋的氣氛中長大的年輕人的心理，已經發展到一種什麼模樣。也許再過幾年，「祖國」跟「美國」會不期而然地成為同義語了。我在這裏，既不願嘲笑，也不想厚責年輕人的這種心理。要是一個孩子老覺得別人的父母可愛，那一定是他自己的父母，不是沒有盡到做父母的責任，就是本身太不可愛了。

原載一九七〇年一月二十八日《大眾日報副刊》

# 留學政策與殖民地心理

　　留學之有政策，不知是那國的發明。究其根源，大概跟殖民地有些關係吧！據我所知，過去有些英、法在非洲的殖民地，當地的總督或殖民政府，每年都要選拔一批英才，送到英、法「祖國」去接受文明的教育，將來學成歸國，好幫助英、法主子統治自己的同胞。這需要一套政策，因為無政策則無法選良材。其他歐美等國，留學則有之，政策則未之聞也。

　　我國既不是任何國家的殖民地，為什麼也要制出一套政策，把最優秀的人才送給別國？而且明知是肉包子打狗，有去無回的。當局者也許是覺得讓頑劣的到黃金國去逍遙，優秀的留在自己的本土，有欠公允，所以非制定一套政策，以堵倖進之路不可。可是事實上這套政策是否有效呢？我自己在國外就遇到不少有錢有勢的子弟，並沒有經過什麼留學考試，照樣可以打後門裏溜出來。那麼這樣的政策限制了誰呢？到頭來，恐怕誰也限制不了。既然限制不了誰，為什麼還要來這一套官腔？無以名之，名之曰殖民地心理作祟。

原載一九七〇年一月三十日《大眾日報副刊》

# 年輕人的頭髮

　　近閱國內報紙，有警察執剪沿途截剪青年人長髮的新聞。此一剪跟清末民初的剪辮子，將來在歷史上倒可以前後輝映。不過民初的剪辮子，多少跟恢復漢族的民族意識有關，今日之強行剪髮不知動機何在？

　　頭髮乃人體自然生長的一部分。凡自然生長的機構，都有其一定的功能與作用。拋開審美的問題不言，純就衛生的觀點看來，光頭是要不得的，特別是在熱帶太陽炙烈的地區。人之有頭髮，正如鳥之有羽，獸之有毛，試想把一條狗的毛全部剪光，狗將何以堪之？

　　至於長髮短髮的問題，乃一時之風尚，跟道德全無關係。君不見牛頓或貝多芬的畫像，都是長髮齊肩，是不是就該算是不良少年？所謂風尚，乃是社會審美心理的轉折，正如女人昨日長裙曳地，今日忽又短不蔽膝，都是無傷大雅的事。

　　也許有人認為長髮乃模仿現代歐美人的風尚。我們既然處處在學人，而且早已西其裝，革其履，又何在乎這區區一點長髮！再者如說我們是學的歐美，歐美又是學的何人？如要是認為我們的年輕人，只知模仿，不知創造，不免因此而自卑，那就該放手讓我們的年輕人也創造點新花樣出來，好讓歐美也向我們學學。一味禁止模仿，是不是就可以激發年輕人的創造性呢？其實我國人本是留全髮的，辮子是有清一代的事，光頭則恐怕是仿模的日

本，根本就不是我們的國粹，為什麼我們要死氣白烈地去保障這種「日粹」？

要是留長髮的真正多是不良少年，是否因把頭髮剪短以後就成了優良少年？如是，倒也是教育的一大捷徑！

原載一九七○年三月一日《大眾日報副刊》

# 性與愛

　　自從去年丹麥京城哥本哈根的性展舉行以後，歐美各國性的風潮已達到了白熱的程度。性的問題已不再屬於私人生活的範圍，而成為公眾生活的一部分。近幾年文學藝術的潮流也不由自主的傾向於性問題的討論。沒有性的描寫的文學、電影及繪畫，可說是非常罕見的。在西歐，電影上的性愛表演已不在禁例。在美國，紐約市對於舞臺劇性愛場面的規定，也僅限於男女兩性的性器不得密接而已。由美國人創始而大盛於西歐各國的「生活劇場」（Living theatre），演員開口不到幾句話，就脫得赤條條的，然後再邀請觀眾照樣來做。雖然不時遭到警察的干涉，但仍可以在警察看不到的地方上演。對這種種社會現象，衛道的人士，特別是教會中的人，認為是世紀末的歪風；更有的人，敏感地預見到世界末日的陰影。但這到底是不是世紀末的歪風，或是世界末日的預兆，是值得我們深思討論的一個問題。

　　性的問題，從原始人到最近一個世紀，一直是一個神祕的問題。據人類社會學者的考查，愈原始的種族，對性的問題便愈感神祕。在非洲有些原始的種族，不但對性問題諱莫如深，連吃飯也覺得是一種羞於見人的事。在西歐各國，對性的問題也一直是很保守的，一直到佛洛依德把這個問題用到醫學的研究上，並主張性是人類活動的主要原動力，性才成為一個公開討論的題目。我國在歷史上，本來是一個對性問題相當開放的國家，我們的詩

詞、小說，以及流行於民間的春畫可以證明。不過只停留在觀賞的階段，並沒有拿他當作一個科學的題目來研究，所以那一層神祕的色彩始終是相當濃厚的。最近一個世紀，雖說我國的納妾制度或明或暗的保持著，雖說娼妓一業也始終不衰，雖說正常的或不正常的性關係的形形色色並不下於其他種族，其他國家，可是一談到性問題就不免面紅耳赤，自覺或不自覺地感到一種羞恥之感。這到底是什麼原因呢？原因很多。歷史背景、文化傳統、社會型態，都是原因。

這樣複雜的問題，不是我們一篇短文所可以討論的。我們只是想提出一個問題，性行為是不是一種見不得人的羞恥的行為，我們先拋開特殊的歷史文化社會背景，而從最原始的自然現象來觀察這個問題。性是與生俱來的自然現象之一，性慾跟食慾同是人類不能自己作主的一種自然要求，也可以說是人類生存必要的條件。那麼，性跟食實在是人類生存最主要、最基本的兩件大事。如果我們不說是神聖不可侵犯，但至少不是下賤的見不得人的可恥的事情。可是性為什麼又跟羞恥的心理連在一起呢？我們想這只是一種不幸的社會心理的演化。人跟獸一樣，天生來是自私的，這是不容否認的。食與性除了是動物界基本的要求，同時也給與動物最大的快感。對於這種快感的享受，不論是人還是其他動物，都企圖獨佔而不願分享。一隻狗得到一塊骨頭，總是銜到一個僻靜的所在偷偷的啃食。人對於性行為也有這種心理。開始的時候不過是為了躲避與人分享，而羞恥的心理乃來自對於這種自私的行為的自覺與反抗。

性跟食的差別是，食沒有一個同等的個體對象，性則有一個同等的個體的對象。如以男人為主體，女人就是這個同等的個體對象；反之亦然。不過這個同等的個體對象，在人類的進化史

上，其實是並不同等的。男人因為先天地佔了體力的優勢（這種優勢一直延伸到現在），在性行為中常站在主動者的地位，女人則無形中成了一個附屬體。要是我們把男人比作狗，女人只是那塊被啃的骨頭。這種情勢也一直延伸到現在。這種現象不但對女人是極不公平的，對男人也沒有什麼好處。如果女人老是處在附屬物的地位，男人便永遠不會獲得棋逢對手的快感（納妾可能與此有關）。所以說要想改變這種不公平的情勢，只有男人不去做狗，女人也不去做骨頭。

既然不先俱有狗對骨頭的心理，那麼不容分佔的心理也是不必要的了。這就是性的自由。其實男人早就有性的自由，只是現在應該把同樣的自由給予女人。要是男人覺得這是傷風敗俗的事，那麼男人就該想一想，是誰先開始傷風敗俗的？

性只是一種生理的本能。人是心理本能比其他動物更為發達的一種動物，所以只有生理的行為並不能滿足人的要求。與性的生理本能相伴而來的還有一種心理的要求，我們稱之謂「愛」。沒有愛的性行為，我們習慣上是看不起的，因為那跟獸的行為沒有什麼差別。然而看不起儘管看不起，絲毫不能阻止人去實行這種沒有愛的性行為，人畢竟是獸的一種！所以性成了一個對人比愛更重要的問題。沒有愛的性，雖然不多麼高尚，但總還是人的獸行之一，沒有性的愛，則不過是柏拉圖式的空想而已。要是我們去推求愛的根源，恐怕還不得不落在一個性字上。據現代的醫學研究成果，證明那些性情暴戾的人，那些殺人犯，同時都有性變態的徵象。據說希特勒、史大林之流的性生活就是不多麼正常的。為什麼世界上有這麼多的性變態？那跟把性看做是一種羞恥的不可見人的髒事，而人為地去加以抑制可能有些關係。我國最怕的是性行為的過度，卻沒有想到性衰退的可怕。要是人人都以

身如枯木，心如死灰的道學家做標準，那人類的前途真不可設想了。

性是不是髒的，不道德的事情？如果是，那只是上一代的觀念了。君不見，外國年紀輕的一代遊行示威時的旗幟上大書著：「我們要性愛！不要戰爭！」在年輕的一代看來，戰爭才是不道德的呢！所以在上一代的人看到報上「××斃××幾百人」無動於衷的時候，年輕的一代卻為此而焚身。

這一代性自由的潮流，也許非但不是世紀末的歪風，非但不是世界末日的陰影，而是人類光明的預兆呢！

原載一九七〇年三月十九──二十一日《大眾日報副刊》

# 張天師捉妖

　　張天師捉妖是多少世紀以來流行在我國民間的迷信。今日我們稱之為迷信，恐怕不會有人提出異議的；可是幾十年以前（恐怕現在仍有）人們卻對張天師的法力深信不疑。不幸的是，不管張天師的法力有多麼大，龍虎山居然也待不住，只有跑到臺灣來捉妖了。

　　最近報載第六十三代天師羽化，道教會呈請政府解決嗣續問題。站在民主的立場，政府自然不會干涉宗教；但站在發展科學的立場，政府更不應鼓勵迷信。我想政府不會再像歷代王朝似地予以封爵，加以俸祿。

　　最近幾年來，不知是否是由於故園鄉思的心理作祟，多少歷史渣滓，藉著文化復興的美名，又給人塗上了國寶的顏色。正不知有多少人仍然沉湎在紫禁城中高呼萬歲，粉粧樓上妻妾成群的舊夢中。懷舊並不是一件壞事，但在懷舊時不要忘了創新，更不要讓腐朽的歷史渣滓迷亂了新生一代的眼睛。

　　如果張天師真有幾分道行，我們奉勸這位六十四代的教主很可以到大陸上去施展一番。那邊正為牛鬼蛇神鬧得烏煙瘴氣，倒是需要一位除妖驅怪的天師。在臺灣是沒什麼妖好捉的。

原載一九七〇年《大眾日報副刊》

# 常識與科學

常識不是科學；常識只是「差不多」精神的發展，科學則是來自「格物致知」的工夫。

可惜的是，我們一般人總愛以常識來判斷事物，以致「差不多」精神仍然在今日的社會上到處泛濫。舉個例來說，我們口頭上常常說「民主政治」，但到底什麼樣的政治才叫民主政治？恐怕很少有人曾下過一番工夫認真考究過。我們只是憑了常識來推斷，民主政治，大概就是美國所施行的那種政治吧！但何以美國所施行的政治就叫民主政治呢？我們又憑了常識來推斷，大概是因為美國是民選的總統，又有民選的議員，所以是民主政治。現在我們來問：南美諸國也是民選的總統，也有民選的議員，那麼也是民主政治了？噢、噢，我沒有仔細考慮這個問題。我想……我想……民主政治大概只有民選的總統跟議員還是不夠的……噢，我明白了，民主政治，除了民選的總統跟議員以外，還得這個國家是經濟自立的。那麼，讓我們再問一句：美國有民選的總統跟議員，又是經濟自主的國家，為什麼美國的黑人不能民主呢？噢噢噢，那是因為種族歧視的關係。

那麼說只有一個種族來主，別的種族被人來主，算不算民主呢？噢噢噢，太複雜，太複雜，我腦子叫你都給攪糊塗啦。算了，算了，我不懂什麼叫民主！

你看，常識是多麼的不可靠。不用說打破沙鍋問到底，三個問題之後，就難以招架了。一個社會的難以進步，這種以常識判斷問題的「差不多精神」是最大的障礙。遇事，特別是切身利害的事，最好還是下一番「格物」的工夫！

原載一九七〇年四月七日《大眾日報副刊》

# 也算寓言

有兩個植樹人。

一個人在植了樹苗以後，每天都修枝理葉勤奮地澆灌，一心巴望這棵樹將來可以長大成材，製造成器。結果果然不負植樹人的期望，這棵樹長得又挺拔，又結實。於是植樹人就把樹伐了來製成一把搖椅。植樹人每天都舒舒服服地躺在搖椅裏搖呀搖地。這時候搖椅卻累得滿頭大汗，忍不住呻吟著發起牢騷來：「噢，噢，我終於明白過來，當初你對我的熱心跟種種好處，原來不過是圖你現在個人的安適罷了。」

另外一個植樹人，在植了樹苗以後，每天也勤奮地澆灌，可是不大熱心於繩矯的工作。他心裏想，樹就是一棵樹吧！不管長成什麼模樣，總不外乎是一棵樹，反正我也不想在這棵樹身上貪圖什麼。我每天勤奮地澆灌，只是望它長成一棵大樹罷了。結果這棵樹雖說長得歪歪扭扭，但也自然成趣，枝豐葉茂。植樹人覺得自己責任已了，也就不再去管它。有一天植樹人經過樹下，這棵樹默默地感激道：「謝謝你呀！要是沒有你勤奮地澆灌，我怎麼會長成今天這個樣子。」

要是現在不是植樹，而是養育自己的兒女，你說採取哪種態度好呢？

編者按：今天臺灣的父母有兩種類型：一種是爸爸忙於事業，媽媽忙於交際，把小孩交給傭人而死活不顧；另一種是自衣

著始，食餌、遊戲、交友、閱讀以至趣向，事無巨細，統統要把孩子塑造成自己同樣的模型。前者沒有盡到做父母的責任固然大不應該，後者剝奪盡了兒童的個人存在的價值，也未必勝如前者，也許流弊更大。植樹不可不勤於灌溉，但不能戕賊樹的本性；養育自己的兒女亦復如此，不問其目的是為了「養兒防老」或「為國育材」。

　　　　　　　　　　　　原載一九七○年《大眾日報副刊》

# 膚色的悲哀

　　美前總統詹森的秘書葛蕾絲‧郝塞（Grace Halsell）小姐──
一個喜愛冒險的女人──，為了親身體會黑人的遭遇，曾利用化
學的方法改變自己的膚色，在紐約的黑人區及美國南部種族成見
最深的密西西比州生活達六個月之久。最近出版了描寫她這次冒
險經驗的*Soul Sister*一書，其中主要的是敘述她在黑色的皮膚下所
遭受的歧視與壓迫。一個單身的黑女人出外旅行，不但住不進像
樣的旅館，租住私人的房子也遭拒絕。由白人駕駛的長途汽車，
不准她登車，連到商店裏借用一個電話，也被店員像狗一樣地給
轟出來。書末的結論是，這六個月的生活經驗，使她打心底裏恨
上了白種人；不幸她自己只是個假黑人，真白人！

　　生就了黑色的皮膚，生活在美國真是一件悲哀的事。要是
甘為伏首聽命的順民，白人把你看成沒出息的奴才。要是挺身反
抗，那又成了強盜暴民。美國雖號稱是個自由民主的國家，可是
這自由，這民主，卻沒有有色人種的分兒。法律一到了黑人身
上，就失了效力。橫行在美國南部，專門對黑人施行姦殺劫掠的
三K黨，不但為當地的政府所縱容，就是聯邦政府也是睜一隻眼
合一隻眼，從不加以過問。今年三月三號在紐約更發生了兩百多
個白人男女襲擊前往一所白人學校入學的四十多個黑人兒童的情
事。往東方旅行過的美國人，常常嘲笑東方人不講公眾道德，行
為野蠻。殊不知這種以成年人襲擊兒童的事，連不講公眾道德的

東方人都做不出來，簡直比美國人認為野蠻的東方人更野蠻了百倍。

不要只看美國人在電梯裏碰見個女人趕緊把帽子摘下來，就認為這是個文明的種族，其實他們骨頭裏仍然是野蠻的很；一遇到考驗，狐狸尾巴就露出來。那種表面上的溫存，常常不過是些虛文假禮，要不然美國這一代的年輕人也不會流浪街頭、吸毒、頹廢，對上一代如此之失望了。

原載一九七〇年六月十八日《大眾日報副刊》

# 考試方法與惡補

近幾年來，在國內的報刊上，常常看到討論惡補的問題。有些人認為惡補跟我國的教育方式有關，有些人則認為乃升學競爭所導致。我個人總覺得我國的考試方法才是惡補的主因，雖然惡補並非我國考試方法的唯一惡果。

我國從小學到大學所行的一貫的考試方法，都是重記憶而不重思考的。在我國，「博聞強記」，一向是碩學通儒必由之路。所以在國內的學術演講，照稿子唸的可說是絕無僅有。在西方，博聞強記，對一個學者來說，固然也是一種長處，但並非必備的條件。他們所重的是思考跟方法。所以他們的學術演講照稿子唸的居多。特別是年代、地名等等，他們總是在對人講說的時候照顧一下手中的資料，好像頗不相信自己的記憶力似的。這就是因為他們在學校的時候，沒有受過這種博聞強記的訓練，也沒有養成這種習慣。

我本來不想在此做這種比較，特別是在「外國的月亮大又圓」早已成了口頭禪的今日。可是如不拿西方國家做比，又該拿什麼來比呢？再說，有些事情，千言萬語也說不明白，但一比之下就可豁然貫通。所以，沒別的法子，還得來比一比。西方國家重思考的考試方法（或者廣義的說是教育方法），並不曾帶來什麼可見的惡果，充其量只可說他們做研究工作時多用了幾張卡片，浪費了一點時間。可是這種初步的時間浪費，卻在做進一步

的研究工作時獲得了補償。同時他們這種不依恃個人記憶力的習慣，無形中促成了電腦跟其他幫助人做記錄、提示、參考工作的各種機器的創造發明。我國的偏重記憶力的教育方法，現在有目共睹的事實，是小者造成了今日各級學校中的惡補，大者則壓抑了青年人的獨立思考、組織及發表的能力。我們只要看看，我們在西方國家中留學的青年，在記憶力方面常常強過外國學生，但在組織及發表能力方面卻遠不如人。如果做領導工作，不論機關之大小，組織、發表能力重於記憶的能力，那是無庸贅言的。

目前，如果在教育方法上做通盤的改革，自然不是一蹴可及的。但如只集中注意力把目前的考試方法予以改革，想並非如何困難的事。譬如說先從命題的方式上著手。以前在中小學，甚至大學中考國語文，作文佔的分量遠不及國語文常識的分量大。以後何不只考作文？我想從作文上看一個學生國語文的程度，一定比從國語文的常識上看可靠得多。考歷史，與其考歷史上的小掌故，像漢初三傑是些什麼人？何謂貞觀之治？土木之變發生在哪一年等等，不如考學生對歷史大節目的認識跟看法。譬如說蒙古人在中國建立的元朝對中國的社會帶來些什麼影響。或者乾脆看學生自己的意見，不妨出這類的題目：秦始皇焚書坑儒，後人多以為對我國的學術發展帶來了莫大的損害，你的看法如何？考數學，出題的人，最好也不要到「難題三百解」中去尋那些冷門的題目，只要根據某一個階段學生應知應曉的大題目中變變花樣，看學生推理的能力如何就夠了。其他不論什麼科目，只要把題目的重心放在考查學生的思考能力、推理能力、組織能力及發揮的能力上，而不放在記憶的能力上，想短時間的惡補，對考試的成績一定不會再發生什麼效力；如惡補一旦無法影響考試的成績，誰又肯花費這種額外的精力跟金錢幹這種吃力不討好的事？同時

坊間一般投機商人浪費了可貴的人力物力所製造的什麼課外參考書、考試指南一類的玩藝兒也就沒法找到推銷的對象了。

我國所行的注重記憶力的命題方法，實在左右著惡補的命運，如不能謂其為惡補的唯一原因，至少可以說是主要的原因之一。假如我們真正能決心放棄重記憶力的命題方式，不但可以慢慢地醫治惡補的重症，對培養學生的獨立思考及推理、發揮的能力一定也大有裨益。

不過，這種命題方式的改革，並不能由教育部的一紙命令來推行，事實上教育部對各級學校中教員命題的方式並沒有明文規定，所以還得要靠社會輿論來造成一種新觀念。如果在各級學校中執教的人，認識到考試命題方式的重要，肯認真地考慮、研究、討論這個問題，自不難得出一個合理的解決方法。如大部的教員不再專考查學生的記憶力（考查學生的記憶力對老師來說是最簡便的方法），考試的方法自然就會在沒有上級命令的方式下改革了。否則，縱有上級的命令，執教的人並不以此為念，也是徒然。

自然改革考試的方法，並不是徹底的教育改革之道。近幾年來在各國有不少人是主張廢除考試制度的。這種較為徹底的改革，須先通盤地考慮一國的歷史文化及社會經濟背景。其是否可行之於我國，讓我們以後再討論吧！

原載一九七〇年八月六日《中央日報副刊》

# 爵士的勝利

　　記得以前我是不喜歡爵士音樂的。不但不喜歡，而且可以說有些厭惡與痛恨。不過當時我認為這是個人的愛好，對這個問題也就不曾深思。

　　後來因為工作的變遷，從一國徙居到另一國，從一洲輾轉到另一洲，才發現爵士音樂竟是一種到處流行的世界性音樂。不喜歡的人，可以說它猖狂泛濫無孔不入；喜歡的人，可以說它為平民百姓所喜聞樂見。特別是年輕的一代更視爵士音樂為生活中不可或缺的寵物。每天打開電視是爵士樂，打開收音機也是爵士樂；走到街頭聽到的是爵士樂，到咖啡室小飲播放的也是爵士樂。在這種日積月累耳濡目染的強行灌注之下，也逐漸地居然可以領略幾分爵士樂的好處了。

　　爵士樂自然沒有古典音樂那種莊嚴與神聖的氣氛，可是卻有平易近人、不拘形跡的特點，這是古典音樂所沒有的。要是你是燕尾長裙帶著一臉正氣、一腦門子仁義道德的紳士淑女，去聽爵士樂，恐怕會要格格不入。但如果你換上一件起皺的舊襯衫、一條褪色的牛仔褲，把臉上的肌肉鬆弛下來，把心中仁義道德暫時擱在一旁，你會發現居然你也可以拍打你的手掌、扭動你的腰肢的時候，你自然就會手舞足蹈與人聲氣相求地共同陶醉在爵士樂的節奏中。

披頭、嬉皮、爵士樂，代表了年輕一代的頹廢與迷失嗎？答案也可以說是，也可以說非，這要看從什麼角度著眼。如果從現存的社會文化秩序來看，凡是違反既有秩序的，都是一種惡性的發展。譬如說既有的秩序是承認人性的差別的，是承認種族的差別的，是承認男女的差別的，是承認長幼的差別的，美國人現在在爵士樂搖滾的聲浪中，這一切的差別忽然不見了，這豈不是離經叛道罪大惡極？但如果從人類的進化過程著眼，凡是對舊秩序的破壞與叛離，都代表了一種新的希望。嬉皮、爵士樂是舊秩序的果，也將會是新希望的因。

　　令人更為驚奇的是，爵士樂居然也走進了教堂，連聖詩也要以搖滾的方式來唱了。可見上帝要戰勝魔鬼，不得已也得扮成魔鬼的模樣。不過令人起疑的是，幾千年來人們遵循著上帝的教誨，並不曾因此而得救，無怪乎魔鬼的形象變得越來越可愛了。按照當代民主的法則，上帝既不曾治理好這個世界，就該讓位於魔鬼來試試看。也許魔鬼沒有上帝那麼高傲與專橫，凡事要看看小民的眼色，更多通一點人性也說不定呢！

　　爵士樂的波潮橫流世界，漸漸湮沒了高尚聖潔的古典音樂。如說其開出了一個新的時代，創造了一種新的文化，也並不為過。音樂最能透露人們心靈中的癥結。喜好爵士樂的年輕人，不但服飾、髮型與上一代大不相同，就是言談舉止也是異樣的。然而使上一代最引以為憂的卻是思想上的異端。譬如上一代視婦女為奴僕，這一代的年輕人卻要求婦女解放；上一代視同性戀為病態；這一代的年輕人卻覺得很正常，且進一步要求同性結婚的合法化。你看，豈不是道德淪喪？世風日下？

有人要擔心地說：這樣演變下去，魔鬼有一天要勝利了！可是怕什麼？魔鬼一旦真的勝利了，就自然成了上帝。那時候上帝恐怕反倒要成為魔鬼了。

　　　　　原載一九七八年五月二十八日《時報周刊》

# 賤人賤業

前年在香港，大學時代的一位老同學請我下澡堂子。記得小時候跟家裏的大人下過多次澡堂子，通池、單間都下過。到了臺灣以後，便沒有再下過大陸那種澡堂子了。這些年在國外，不論在歐洲還是美洲，除了土耳其的蒸氣浴外，更沒有下澡堂子的必要。不想在香港，澡堂子竟是種當令的行業。據說香港的澡堂子有兩種，一種是廣東式的，有所謂的「三溫暖」。另外一種是上海式的，比較接近我所熟知的澡堂子。我的朋友請我下的是上海式的。我的朋友自己絕不是道學家，他所以沒有請我去下「三溫暖」，倒是顧慮我是否還有點道學腦筋，後來他這麼告訴我。洗完澡以後，我的朋友問我要不要按摩。我說要，應該試試看。因為我自己不是運動健將，又沒傷過筋，動過骨，平生還沒給人按摩過。我的朋友怕我初次嘗試，吃不消全武行，特別找了個嫩手替我按摩。他自己則指定要那個經常替他按摩的上海老手。替我按摩的這位，是個二十多歲的小伙子，動作的確很文雅。替我朋友按摩的那位五十來歲的上海人，就不同了。又踢又打，又擂又搥，還加上雙腳亂踹，結果竟把我的朋友踹進了夢鄉，因為不久我就聽到了他老先生發出了甜美的鼾聲。我自己既沒這個福氣，就跟兩位按摩師閒聊起來。原來兩位都負擔一大家人的生活。那位上海按摩師說，孩子們都在上中學，為了避免人們的輕視，從來不敢告訴親友鄰居是幹這一行的，因為這是賤業。我告訴他，

在西方按摩師的地位恐怕僅次於牙醫，也算醫師之一，是一種正當而高尚的行業。他聽了有些不信地說：「你先生真會安慰人，給人家按摩、給人家修腳，還高尚！哎呀！我倒覺得羞煞人。但自有一口飯吃，死也不幹這種事兒！」

我忽然想到，我們傳統上所認為的賤業，無不是帶給人舒適與快樂的服務性的行業。首先說，娼妓這一業，就是為帶給男人快樂而存在的。但男人們快樂完了以後，立刻回過頭來對使他們快樂過的女人加以鄙視與唾棄。其次，剃頭的、修腳的、按摩的，都是給人以安適的，然而人們安適了之後，非但對使他們安適的人沒有任何感激與尊敬之情，反倒加以輕視。再其次，飲食業也是予人以享受的。但人們在大快朵頤之後，也並不覺得廚子、堂倌是什麼值得尊敬的人物。相反地，給人們以折磨與痛苦的，反倒受到人們的重視與尊敬。先說教師這一業，不但要考你、磨你，叫你背書，說不定還要用手板、教鞭修理你，吃了苦頭之後，反倒要對其尊而敬之。再說做官的，在傳統的社會中，也無不以修理百姓為其職責。然而百姓見了縣太爺，不免要三拜九叩，比之為天地，尊之為父母。怪哉，人之賤也，竟如斯！對善待你的人，輕視之；對惡待你的人，尊視之。因此倒可以說：並沒有什麼賤業，實在是一般人太賤了！

這種現象，如果說不完全是一種傳統社會非理性的暴力之殘餘，至少反映了現代社會群眾心理病態之一面。由此可見，任何正常的現象，都有它不多麼正常的一面，都值得進一步地追究與討論。也許未來的社會學家和心理學家可以使我們多瞭解一點這類問題的來龍去脈。

原載一九七八年四月十一日《時報周刊》

# 英國青年的頭髮

　　從東方到英國來的人，可能會立時感到英國開放舒暢的氣氛；但從北美到英國的人，感到的卻是拘束！北美與英國的法律大同小異，在一地可做的事，在另一地也可以做；在一地禁止的行為，在另一地也不會合法。兩地的差異不在法律，而在人們的習慣和態度。從北美來的人，本來不穿全套西裝，不打領帶的，到了英國以後，不久就穿起全套西裝，打起領帶來了。法律上並沒有規定要穿什麼衣服，但環顧四周的紳士，瞧瞧自己的運動衫、牛仔褲，就感到壓力不小。

　　但近年來英國這種保守的社會風氣，終於遭到青年人的挑釁了。前幾年出現了一批Punk青年。Punk者，中國人稱之謂「阿飛」也。先是出現在唱流行歌的小圈子裏，靠了電視的大事傳播，不久Punk式的服裝和髮式就風行全國。首先觸及的是失業的年輕人，然後是青年工人，再就是青年學生。

　　現在英國青年人的髮式已到了無奇不有的地步，早已不能以Punk一詞來界定了。論顏色、黑、白、紅、橙、青、藍、紫，只要你想像到的顏色，就可以出現在青年人的頭上。這也自然得感謝科技的進步，如不曾生產出各種顏色的染髮水，也不容易任意讓頭髮改變顏色。論髮式，有大蓬頭、有針狀頭、有馬鬃頭、有馬尾頭、有一撮毛頭、最乾脆的是大和尚頭，光溜溜一根毛不見，自然也沒有顏色的問題了。

青年人這樣的折騰，老一輩的反應如何呢？原來中年以上的仍然全套西裝，煙斗在手，一派紳士風度，不慍不火，對青年人的挑釁視而不見，抱著一種見怪不怪，其怪自敗的態度。看在外人眼裏，覺得英國的上一代實在有涵養。其實，非也！真正的原因是英國人最重法律，法律上沒有限制髮型的條文，做父母做老師的人只有乾瞪眼。跟自己的子女和學生鬧上法庭，不但白傷感情，打輸了官司，也頗為有損紳士的顏面。

　　所以趨時的年輕人越來越多。若是夜半在大街上遇到一群這類的時髦青年，就如遇到外星人一樣的可怖。連素來主張不干涉他人私生活的我，對如此種種時髦的髮型，也有點難以消受。特別是模仿「計程車司機」一片裏的馬鬃式，一個頭剃光大半個，只留中間的一撮高聳在頭頂上，長拖到腦後頭，看來殺氣騰騰。計程車司機留了這樣的髮式是去殺人的，因此就不免從這種髮型聯想到殺人兇手。每逢在大街上遇到留這種頭髮的青年，我都離他遠著點！

　　我心中只默禱我的孩子可別來這一套。可是有一天，一開門，進來個馬鬃頭。不得了，順手抄起手杖就打。

　　「老爹！你別打，是我呀！」

　　我說：「我早就瞧出是你來啦！別人我還不打呢！」

　　「老爹！別忘了，打人是犯法的呀！」

　　「我不是打人，我打的是馬鬃頭！」

　　「馬鬃頭有什麼不好？想當年你不說教官剪你頭髮的時候，你恨不得要造反嗎？你不是也大吹大擂主張過民主自由的嗎？」

　　「那是想當年啊！可不是現在！」

　　「現在又怎麼啦？」

「那時候我是被統治者，我要的自然是民主自由了；現在我是統治者，我最愛的卻是專制！懂嗎？」

我的手杖畢竟沒有打下去，免得打輸了官司，丟臉！

原載一九八三年二月五日《中國時報・人間》

英國青年的頭髮

# 成人的權利與權力

最近報上常常提到成人的權利，例如看成人電影啦，出入舞廳酒家啦等等。俺是成人，看了真高興，成人的權利就該好好保障嘛！報上也常常提出年輕人的頭髮問題，說俺成人多管閒事。俺看了就有氣！年輕人的頭髮，俺成人不管，誰又來管？俺雖然不願人家來管俺頭上的事兒，可是俺就偏愛管人家頭上的事兒！俺願意年輕人腦袋瓜兒上都是一律的頭髮，腦袋瓜兒下都是一律的思想；腦袋瓜兒上的是越短越好，腦袋瓜兒下的是越少越好！

最近英國報紙大驚小怪地報導說，有些不負責的父母讓十一二歲的孩子過早地幹體力勞動的活兒，以致在學校裏打瞌睡。這些英國人真是文化淺薄，哪裏懂得小孩子就應該多吃苦，吃盡苦中苦，方為人上人嘛！從前法國有一個母親教訓兒子，竟一棍子把兒子打死，輿論為之大嘩。嘖嘖！這有什麼大驚小怪的！棒頭出孝子，這是我們四千年文化積累的經驗，半野蠻的民族哪裏懂得這個！

俺也在《人間》看到荊棘女士的〈飢餓的森林〉，提到當年她困在森林裏挨餓，怪老爹不曾給她寄食包去。其實這有什麼好怪的！俺中國做老爹的都熟讀聖賢書，深明七十非肉不飽之理！小孩子們吃石頭都化得了，森林裏有的是草根樹皮，還怕餓死嗎？

至於保護兒童法什麼的，都是燈盞無油，枉費一條心。一個「文明」的社會，就該看誰的拳頭大，誰就是老大哥。俺成年人的拳頭比年輕人的大，比兒童的更大，俺就得擁有更大的權力，絕對的權力！年輕的就該歸俺年老的管著！這是俺四千年的老傳統，誰也改不了！

　　你說如今俺們的社會也進入了複雜的工業社會，農業社會的那套法制行不通了。哼！俺就不信這個邪！俺行了四千年的法制，沒出大問題，敢情今天就行不通？誰信！你說再不趕緊從立法上下手，犯罪率還會提高。這更顯見是你沒見識！今天犯罪率這麼高，都是幾家報紙渲染的。如果報上不登，不就解決了問題了嗎？當年沒報紙的時候，俺日子過得滿好的。這麼簡單的事兒，你竟弄不懂！還要來限制俺成人的權力，甭想！

原載一九八三年四月五日《中國時報‧人間》

# 復仇的聯想

　　素有里昂屠夫之稱的前納粹軍官克勞斯・巴爾比（Klaus Barbie）在玻利維亞渡過了三十多年寓公的生活後終於進入了法國的監獄。據說巴爾比在德軍佔領法國期間，屠殺了數千法國抗德人員及猶太人。現在當世界上大多數人都逐漸淡忘了二次大戰的噩夢時，里昂的屠夫卻終逃不過恢恢的天網，不能不為過去的行為負責。

　　替希特勒屠殺猶太人的劊子手，倖免與兔脫的都想改頭換面、隱姓埋名逃脫刑責，但大多數均逃不過猶太人復仇的追擊。三十多年猶太人復仇之心未嘗稍熄！

　　在做生意的本事上，西方人常拿中國人與猶太人相比，但在報復心理上中國人跟猶太人大不相同。二次大戰中，中國人也吃盡了日本人的苦頭。當時日本佔領軍的憲兵隊屠殺的中國人並不在少數，甚至於拿中國青年當白老鼠用做醫學上的試驗。但戰後從未聽說中國政府要引渡日本的戰犯，追究日本人的刑責；也從沒聽說中國有任何私人組織來追擊當日屠殺中國人的罪魁禍首。中國人認為過去的就算了！

　　近來在大陸上受文化大革命之害的人們，也採取同樣的態度。不管是自身或親人遭受過多麼殘酷的迫害，事過境遷之後，也是算了，算了，不咎既往！對罪魁禍首的罪行，掩蓋之唯恐不及。

這種態度到底是來自一種宗教性的寬宏的悲憫之心，還是只不過來自一種糊塗馬虎的阿Q精神？很值得考慮考慮。但不管動機如何，其結果則不免有鼓勵不負責任，使法制不彰之嫌。

基督教講寬恕，佛家講悲憫，都認為冤冤相報不是解決之道。宗教的精神很能促醒人的大徹大悟。但大徹大悟了以後就不免看輕了這個世界，只有把希望寄託在蓮池或天國，所以宗教仍然解決不了現世的問題。現世的問題得靠法律，法律卻不講寬恕，而是斤斤計較，很不合我國人的口味！

我們知道除了現代的猶太人以外，古代的希臘人也是重視復仇的民族，希臘悲劇中就充滿了復仇的血腥味。希臘人認為寬恕了犯了罪的人，不但是不公平的，而且會為未來種下惡因，所以仇一定要復，冤一定要平。那麼犯罪的人自己也應該明白責不可逃，罪不可逭，無法心存僥倖。西方人的法制精神，不能不說是從復仇的心理衍生而來的一種追求正義和公平的心懷，一種對人對己負責的態度。

我國之難以建立法制，是否跟這種過於寬宏的馬虎心理有些關係呢？寬恕他人的罪行雖然很值得可敬，但如果這種寬恕只不過是一種苟且心理和馬虎態度的衍生，就不免有些可悲了！

原載一九八三年四月十二日《中國時報‧人間》

# 維多利亞的末日

　　保守的英國紳士終抵不住開放的美國牧童，倫敦市向來單性的大學宿舍，近年來受了美風的吹襲，接二連三地改成了雙性的宿舍。位於倫敦市中心的英聯（Commonwealth）男生宿舍和隔壁的坎特伯里（Canterbury）女生宿舍恐怕是碩果僅存的兩個保持了維多利亞作風的宿舍了。兩個宿舍的舍監擺出來都很像狄肯斯小說中的人物，其所以能維持維多利亞作風自不待言！

　　英國的大學生，看來彬彬有禮，可是都是些得理不讓人的腳色。每個宿舍的學生會的權力愈來愈膨脹，住在宿舍裏的導師，從監督變為顧問，從顧問變為旁聽，從旁聽一變而為不聽了。雖然住在同一個宿舍裏，導師與學生各行其是，誰也不礙誰。只有學生發生了意外，值班的導師得送他到醫院裏去。還有就是每年導師得請一兩次學生的客，順便給怕羞的男孩介紹女朋友。這個費用，可由大學的公款開支。

　　誰知這兩個單性的宿舍也堅持不下去了，先是英聯的男生宿舍的學生代表聯名請求改成雙性宿舍。舍監徵求導師的意見，不想也是全票贊成，沒有一票反對或棄權。一年以後兼收女生，已成定局。接著是坎特伯里的女生聯名請求取消不准男性在女生宿舍過夜的制度。英聯的男生宿舍既然不禁女性過夜，這就給隔壁的女生造成了歧視女性的藉口，更何況在一般情形下過夜的異性，不是至友就是家人。女生宿舍的舍監卻說：「男女同室過

夜,尚不為社會道德所許!」學生的反駁是:「這是你的社會道德,不是我們的社會道德!不然,何不來一次民意調查,看看真正的社會道德何在?」調查的卷子送請大學宿舍委員會審核,結果是一去杳如黃鶴。後來大概費了九牛二虎之力總算把調查的卷子要回來,大學委員會的答覆是:「民意調查隨你調查,要做多少次就做多少次,但不管結果如何,大學決定要保持這一片淨土!」女生們聽了火冒三丈,要挾說將要在與英聯男生宿舍的牆上鑿出一個洞來,以後來往就不必再走正門。看樣子學生來勢洶洶然,大學當局和舍監在不易找到合理的藉口時,終恐不免要妥協了也。

今日的英國如以維多利亞時代的標準來衡量,簡直到了世界末日一般。但維多利亞的子孫們卻反說維多利亞時代是一個不正常的時代。Victorian一詞,在現代英國人的嘴裏,不但毫無敬意,反成了眾人口中的笑談諷語,把凡是看不慣的老古董、真假道學,一律稱之為維多利亞式!

當日的維多利亞女皇,以身作則,推崇「高尚純潔」的清教徒規範,但同時對向他族之殖民卻特感興趣。武功所至,舉凡亞非美澳無不有英國之領土,終於建立了日不落的雄偉版圖,自己也成了跨國女皇。誰想一百年不到,各洲的殖民地接踵自主獨立,再加上後世子孫的種種「不肖」,維多利亞女皇如地下有知,看了這番光景,不知作何感想邪?

但可以確信的是,不管是殖民地的人民,還是英國本土的人民,能夠擺脫了維多利亞的陰魂,大家都似乎感覺鬆了一口氣哩!

原載一九八三年三月三日《中國時報·人間》

# 〈附錄〉中央日報「讀者投書」
## ——歪曲史實意淫古人

我是文學研究所快結業的學生，我已向有名的加州柏克萊大學比較文學研究所申請獎學金。我看到（三月三日）本埠一家大報，使我發生幾個問題。請刊出來，讓對文學有研究的老師們，替我解答這些十分幼稚的問題。

第一、在署名牧者先生〈維多利亞的末日〉一篇中，作者說：英美大學男女生是住在一起的，英國某女子大學女生，要向男宿舍牆上鑿出一個洞來，以後男女來往可不走正門，要做多少次，就做多少次。」聽說柏克萊也是新潮的第一等大學，像我這樣可能仍會被稱為「維多利亞時代的女孩」，還不能擺脫「維多利亞的陰魂」，不知將如何適應這環境？

第二、在同一天的那份報紙上，水晶先生的〈金瓶梅的影子：肉蒲團〉長文中，知道他在柏克萊比較文學研究博士論文是〈金瓶梅的影子肉蒲團〉。為什麼我讀了這樣久的外文系與研究所，都沒有看過他詳細描寫的西門慶、潘金蓮、艷芳和未央生等等肉體上的事。意義何在我是讀不懂的。作者所說吳晗及大陸上「金瓶梅學者吳曉鈴」這些人，我們文學院藏書中都沒有他們著作。不知水晶先生是否從大陸出來的，我若到加大研究比較文學，又根本不知吳晗、吳曉鈴這些人物，我的獎學金是否會被取銷。

第三、在無名氏先生〈創世紀大菩提〉一節（五十九節）裏，全部是你擁抱我，我擁抱你，他說晚夜枕畔，這對男女是怎

樣怎樣。像這樣抱來抱去，是不是當代美國一流大學所要求的文學內容呢？除了性（如西門慶、未央生等的猖狂）文學便沒有別的可寫嗎？那李漢的圖畫，好像老頭子旁邊是一位西方裸女，又其姿勢，有點像「封面女郎」所擺出的。如果相信大陸金瓶梅學者之考據，則金瓶梅成於一六二一年到一六二八年之間，那在維多利亞時代以前，中國已這樣「新潮」「進步」了？那時保守的中國，還沒有「美國的午夜牛郎」侵入，李開先或王士禎為什麼能「擺脫了維多利亞的陰魂」而感覺「鬆了一口氣」，寫出這樣驚天動地的偉大小說呢？

第四、我哥哥自美國來信說，我暑假赴柏克萊以前，最好把博士論文需要的資料找好，而比較文學博士，最好寫中國的歷史故事；因為讀了牧者先生與水晶先生大文，我知道美國的「比較文學」大概喜歡《肉蒲團》或《金瓶梅》一類東西。我想做一篇〈從中國文學中看楊貴妃與安祿山的關係〉，或者〈漢代性解放與卓文君〉之研究。今天看到了這份報綜合副刊中「月嬋娟」，正是我該找的資料了。如果寫到了「華清賜浴」及「貴妃洗祿兒」，作者的傳神之筆，一定會大大發揮。至於卓文君跟司馬相如自成都逃出，在顛顛倒倒搖搖擺擺的馬車上所幹的事情，我早已拜讀過了。這位作者，現在他在何處？我可請教他更多更香艷的資料，以充實博士論文。

第五、還有，我還看不懂同頁的「毒箭蛙」的插圖，是一個紅頭綠體的雄蛙，撲在雌蛙的身上。標題是「見怪不怪」。我讀了這多年的文學，人與昆蟲（較低等的動物）在男女雌雄關係，是知道的。但是這自稱日銷百萬以上的大報，為什麼在這「生活」副刊中，這樣強調性的關係，除了月嬋娟、毒箭蛙以外，還有如「古怪的判例」（意圖強姦妻子監禁二年）等等，「女」

啊，「姦」啊，滿佈在這頁的副刊上。是否臺灣有一千八百萬人，其中九百萬婦女，都喜歡這種文字圖畫呢？

以上五點，只是恆河中幾顆細沙，數不盡也鬧不清的。我這維多利亞時代的頭腦，總是想不通，也是想不到，有九百萬以上婦女，也需要弄清楚，這種副刊是什麼目的，什麼用意。

謝謝你看完我這封長信。

徐紹貞上　三月三日

原載一九八三年三月《中央日報》

# 維多利亞的陰魂未散

俗話說：「百足之蟲，死而不僵！」維多利亞女皇豈止有百足呢？

寫了一篇〈維多利亞的末日〉，想不到觸怒了以「維多利亞」靈魂兒自命的男女，更招致了「歪曲史實，意淫古人」的罪名（也許下句乃指水晶一文而言，我則不必在此分謗了）！這標題未免有點古怪，大概編輯先生分不清什麼是燒到一百度的病人的囈語，更從不讀中外的歷史，以致不曾料到維多利亞登基不到五年就掀起了「懲罰」中國人的鴉片戰爭，也不曾料到又不到幾十年她老人家就一屁股坐在印度人的頭頂上了！

我對古人雖並不具有特別的敬意，可也不會輕易厚誣古人，因為心中明白，歷史就是歷史，敬也好，誣也好，都無能改變歷史之真實。維多利亞時代在現代有些英國人的眼裏，可能仍是一個光輝燦爛值得誇耀的時代，就好像法國人懷念拿破崙的時代、日本人緬懷大東亞共榮圈一樣。但在另外一批英國人的眼中，維多利亞時代卻代表了一個兇狠殘暴虛偽狡詐的時代。這全要看觀察者的立場和觀念了。

我總覺得歷史是朝前走的，而不是往後退的。雖然我沒有絕對的把握說今天一定比昨天好，兒子一定比父親強，但從歷史的長流來看，我寧願活在現在，不願活在北京人的洞穴裏；寧願活在北京人的洞穴裏，不願活在恐龍老兄的胯下。

當然我也並無意說明維多利亞時代到今天，英國人有了什麼了不起的進步。但至少英國人不再那麼惡狠狠地坐在殖民地人民的頭頂，也不再那麼擺出一副道貌岸然神聖不可侵犯的聖腮面孔。就拿福克蘭之戰來說，雖然英軍戰勝了，卻也客客氣氣地禮葬了阿根廷陣亡戰士的屍體，跟鴉片戰爭與八國聯軍時對待中國人窮兇極惡的態度很不一樣。那時候卻正是「高尚純潔」的維多利亞時代！

　　說到底，就算我們樂觀地認為人性是可以逐漸改善，也難以期望在一百年中有多少顯著的變化。所以今天若有強姦謀殺犯，在維多利亞時代一定也有。不過那時候人們不敢於正視這樣的問題，壞事都在道袍底下暗暗地做了。今天做壞事的人，至少不容易再在人前假冒聖賢。這就是這兩個時代顯著的不同處。

　　實在沒想到在維多利亞嫡傳的子孫盡力擺脫她老人家的陰魂的時候，卻不知從哪兒鑽出來的冒牌的子孫們爭著來繼承他的衣鉢！

　　　　　　原載一九八三年三月二十五日《中國時報‧人間》

# 劫馬者

　　俗話說：「人怕有名，豬怕肥！」現在不但人怕有名，馬也怕有名。愛爾蘭的一匹良馬「色蓋兒」（Sbergar）因為在Derby馬賽中輕取第一，可說前途無量，幾年中保證要為馬主人賺進大把大把鈔票。誰知正因樹大招風，被人綁票而去。劫馬者獅子大開口，要一千萬英鎊的贖金！一匹馬，值一千萬英鎊，你就說！綁一個政府的要員或一個資本家的票，也不過如此數目！

　　馬主自然不肯付此巨額贖金，報警緝拿，迄無下落。有的猜想準是窩在北愛爾蘭反政府主義者手裏。有的說早已到了沙烏地阿拉伯去。有的又說一匹良馬哪裏禁得起如此折騰？這麼東窩西藏，到頭來怕只能賣到燒鍋上去吃馬肉了。有的又責怪警察無能，一匹馬，也不是一隻小哈吧狗兒，可以裝在女人皮包裏走私而去。如此龐然大物，不論空運、海運、陸運，怎能毫無痕跡？

　　馬主雖然貼出了十萬英鎊的價格給通風報信的人，可是仍無結果。眼看重獲「色蓋兒」已經無望，馬主人遂向當地政府索要兩千萬英鎊的賠償，一千萬英鎊是「色蓋兒」的身價，另外一千萬是預計「色蓋兒」將賺進的鈔票。

　　資本家是否可以把個人的損失轉嫁到眾百姓的身上？根據目前英國福利制度的理論是可以的。因為累進所得稅可以高達百分之七十。像擁有「色蓋兒」的馬主，自然是大老闆，他賺來的錢可並不能都裝進自己荷包裏去，百分之七十的盈餘早已經過福利

制度的管道進入了眾百姓的口袋。現在到了他倒楣的時候，你能袖手旁觀嗎？此正是社會福利制度的最後目的：有福同享，有難同當呀！

平常資本家在納稅的時候，無不恨得牙癢癢，想盡了法子偷漏逃。但是到了要求津貼與賠償的節骨眼兒上，倒也覺得平常的稅沒有白納！但是這自然得需要合理的立法與有效的稅務機關。否則稅務機關一團糟，人民納了稅成了肉包子打狗，有去無回，誰還對納稅有信心！

雖如此說，納稅的信心卻也並不易建立。鍋裏的總不及碗裏的近，也是人之常情。所以就是在福利制度相當合理的社會中，人人也無不費盡心機少納稅。現在看來，最佳的逃稅途徑則莫若偷劫搶外加綁票。如此得來的錢，稅務機關可管不著。如果得手，百分之百可以裝入自己的荷包，比做資本家省心多了！所以說假想福利社會準能保證人人安居樂業，個個道德高尚，在理論上無法打包票也！

原載一九八三年三月十日《中國時報・人間》

# 腐草化為螢

　　文學與科學儘管有千萬種的不同處，但至少有一點是可以相通的，那就是在對「真實」的觀察與發現上，其基本精神與主要趨向是一致的。

　　科學通過觀察與實驗建立起典範（paradigm），然後通過此一典範來解釋理解「真實」之面貌。進一步的觀察與實驗，可能打破原有之典範而建立一新典範，於是「真實」之面貌就會因此而為之一新。譬如說哥白尼代表一典範、牛頓代表另一典範，到了愛因斯坦則建立了更進一步的新典範，於是人類對自然世界和宇宙天體的認識因而大為改觀。

　　在文學上也是一樣。如果說雨果代表了浪漫主義的典範，那麼福樓拜與左拉所代表的寫實主義與自然主義的典範，不管對人生觀察的角度、理解的深度，與夫所採用的表現方法，都與浪漫主義的大為不同。但到卡夫卡，又有一新典範出現，對人生觀察的角度與視野，除了外在的現象和內在的為理性所支配的心理活動外，直指非理性或潛存意識的領域。卡夫卡的典範又為意識流作家們像喬艾斯、吳爾芙等擴大而深刻化之。到了沙特與卡謬的作品出現，於是附於近代哲學上「存在主義」之翼，對「真實」之面貌又有一番新的體認與表現。二十世紀的這兩大潮流，至今仍然統馭了今日的文壇。例如當代最耀眼的貝克特和比較有成就的作家如阿根廷的詩人波赫士、法國的劇作家尤涅斯科、美國的

小說家索爾‧貝婁、和剛得諾貝爾文學獎的哥倫比亞的馬奎茲等
人的作品都尚不出此兩大潮流所開拓出來的世界。法國的阿蘭‧
羅布葛雷葉（Alain Robbe-Grillet）曾嘗試建立另一新典範，但他
的企圖是否能夠成功則尚在考驗中。正像科學一樣，文學的發展
也是不會停止的。不用擔心，將來自會有建立在前人經驗上的新
典範出現，使我們的耳目再為之一新。

在科學上如果我們今日再以哥白尼或牛頓的典範做為認知世
界的基礎，可說是匪夷所思。在文學上也是一樣，緊隨雨果，福
樓拜或托爾斯泰的腳步，也是枉費功夫！

然而在當代的文學作品中，仍不乏以哥白尼的理論基礎來觀察
世界的作家。這種現象不獨見之於文學，也見之於電影與電視連
續劇節目中。其中最常見而又最為蔑視讀者或觀眾的認知水平的
莫若對人性「善惡二分法」的理解。這種對人性的理解方式，就文
學的進程而論，應該是屬於浪漫主義或更早的古典主義的典範，
十九世紀的寫實主義已經對這種觀點有過極大的突破。今日在文
學中呈現的這種偷懶的和不負責任的「善惡二分法」，看來就如在
科學上堅持腐草化為螢一般地叫人無法理解，不能接受。但是也
不能說不能為所有的人接受，不然的話怎麼會有市場呢？不過問
題乃在於傳播這樣的觀點，就等於把哥白尼的理論做為科學教材
的基礎，使我們人民大眾永遠停留在十七八世紀的人生視野中。

在科學上沒有人不同意把今日努力的起點建立在最近的典
範和最新的成就上。在文學上難道就該永抱著「腐草化螢」之真
實，不情願對「人生」與「人性」之真相做進一步的觀察和探
求嗎？

原載一九八三年四月二十三日《中國時報‧人間》

# 人性的面相

　　如果人類真像達爾文所言的是由猴子一類的動物變來的，而那猴子一類的動物又是由什麼爬蟲一類的東西變來的，推到最後大家不過都是由一個單細胞的阿米巴原生而來。那麼人性的基礎到底何在？

　　當然啦！我們不該推得過遠，我們應當把人性的問題局限在從四條腿變成兩條腿以後的歷史過程中，甚至於局限在從使用石器以後。從那時代以來，應該在這一種奇特的裸體（無毛的）動物身上發展出了一種特殊的性質出來。

　　據馬克思的意見是人除了在社會關係中所造成的性質外，沒有其他性質。於是蘇聯和中國大陸的理論家們都異口同聲地咬定了「除了階級性以外沒有人性的存在」。

　　但是不到一百年的時間中，歷史中發生的種種現象不但噼哩巴啦地打了這些理論家們一頓相當響亮的嘴巴，連睡在墳墓裏的馬克思也很覺報顏了。你看發生在蘇聯和中國大陸的現象，如果真地用階級性的理論分析起來，那還不是老鼠鑽進絲簍裏越鑽越亂了嗎？當日史大林整肅異己的時候，有多少階級的成分在內呀？中共的一場文化大革命更證明了親密的戰友比萬惡的階級敵人更為可怕可恨！

　　不久前發生在印度阿薩姆的大屠殺，也說明了階級的理論多麼禁不起事實的考驗。阿薩姆的貧窮的農民一日間屠殺了一千多

來自孟加拉的也是貧窮的農民兄弟們，連嬰兒也不留下（此屠殺數字後來增加到三千多）。他們中間又有什麼仇恨呀？你說窮人沒國界嗎？看樣子，不但有國界，連省界、村界都忘不了呢！你說殺人的都是帝國主義殖民主義者嗎？今日阿薩姆的大屠殺，殺人的沒有一個是帝國主義者，但又比當日在印度殖民的英軍強了多少呢？

印度人總給人一種和平的印象，大家都多少受了些甘地的不抵抗主義形象的影響，認為印度人是逆來順受只會唸阿彌陀佛的那一種族類。看樣子，印度人兇橫起來時，也滿夠嗆的呢！

那麼人性到底是什麼？我不敢說，也不敢再下新的定義，免得過不了兩個月就得給別人打一頓嘴巴子。但是我覺得把人性只局限在社會關係中，甚至只局限在經濟關係中，則等於白花工夫。充其量只能說那是人的在某種歷史階段中的社會性、經濟性，而不能冒充人性！

原載一九八三年五月二十日《中國時報‧人間》

# 理想的魔術

　　如果有人問你：「你的理想是什麼？」你答曰：「我的理想是吃好、穿好、住好、男女關係好！」一定被人嗤之以鼻，認為你是庸俗的物質主義者。要是你答曰：「我的理想是促進世界大同！」那情況就大不相同了，人家一定要對你肅然起敬，斂衽再拜曰：「閣下胸懷大志，可佩可佩！」要是你敢說以天下為己任的話，那贏來的不只是佩服，而是傾倒了；雖然事實證明以天下為己任的人，到了後來無不想騎在別人的頭上。

　　如果你不曾被此大志嚇昏了頭，稍一思索，什麼是世界大同呀？世界大同的時候，還不就是大家都吃好、穿好、住好、男女關係好嗎？為什麼這些「未來的好」就是足以叫人肅然起敬的大志，「現在的好」就是庸俗卑下的呢？這其間一定有一點魔術在焉。

　　這是什麼魔術呢？不就是說大話的魔術嗎？一樣的東西，換一種方式來說，就可使人的感覺不同。譬如說「堆大糞」，大家不免會聯想到臭味；改曰「積肥」，馬上就想到增產上去了。又譬如說「蛆蟲」，不免叫人皺眉；改曰「肉芽」，很可能使某些嗜此味者垂涎了。

　　現代的商人和政客都很明此中的道理，五花八門的廣告把任何平凡的貨品都可以形容成少有的寶物，競選者不慚的大言也很能叫選民目眩神迷。這還是小焉者，近代史上最大的一次叫無數

人上當的政治魔術莫如共產黨宣言！高揭了未來世界美好的遠景卻不顧人們當下的死活！看起來似乎是替弱小民族發言，實際上卻玩了一件相當驚人的魔術。這魔術越玩越甚，一直玩到「一不怕苦、二不怕死」的性命問題上。如果當下的「一不怕苦、二不怕死」果真可以贏得明日的安樂，還有理可說，現在經過幾十年的實驗，證明了不但「一不怕苦、二不怕死」不獨不是達到安樂的手段，而且很可能久而久之會產生誤把「苦」與「死」視為最後目標的危險！

吃苦犯難為的就是吃苦犯難！那又所為何來哉！豈不是大白天發神經嗎？明白人似乎不應如此糊塗。可是人們偏偏就吃這一套！覺得這理想可偉大啦！可崇高啦！反過來若叫你為目前的康樂多花一點心思，把當下的生活點綴得多一番樂趣，聽話的人反要極不安地提醒你說：「小聲點！小聲點！可別叫人聽見這種沒出息的話！有理想的人就該多吃苦哇！」

呀！我似乎有點明白了理想之所以可以成為魔術，大概是因為我們人類有種奇特的心理，就像一頭推磨的毛驢，得把紅蘿蔔掛在永遠吃不著的地方才行。想像中的紅蘿蔔的美味要比吃到嘴裏的可強多嘍！

原載一九八三年十月六日《中國時報‧人間》

# 面對自我

田納西・維廉斯（Tennessee Williams 1914-1983）代表了美國四五十年代的戲劇巨匠，於二月二十五日孤寂地死在紐約他晚年定居的一家旅店裏。死因不甚明確，據說是窒息而死。

其劇作，像《玻璃動物園》、《慾望街車》、《夏日與煙》、《玫瑰紋身》、《熱鐵屋頂上的貓》、《奧爾弗斯下凡》、《娃娃玩偶》等無不拍成了膾炙人口的電影。特別是《慾望街車》，給予四十年代世界劇壇的衝擊很大。在一九五一年為伊利・卡山拍成電影，使當時初出茅蘆的馬龍白蘭度一舉成名，也使《飄》的女主角費雯麗因在此片中出色的演技奪得一座最佳演技獎；而該片也成為電影史上的名作，今日重看仍有餘味。

喜歡維廉斯作品的人，認為他是美國戲劇界繼奧尼爾之後唯一可與亞瑟・米勒並列的巨匠。其作品充滿了激情與張力，使早期與同時的寫實劇、通俗劇等無不黯然失色。不喜歡維廉斯作品的人則認為其專寫病態的人物心理、渲染不正常的人際關係。

平心而論，維廉斯可說是繼承了由希臘悲劇以降，中經英國伊麗莎女王一世的戲劇，直到易卜生的這一大傳統的主流。在這一大傳統中，所謂正常的人物根本沒有上舞臺的資格。舞臺上的人物，不是性格怪謬、命運悲慘的英雄，就是暴徒與瘋人！在西方的傳統中對戲劇的社會功用有兩種並行而不悖的看法：一者認為戲劇乃人生的一面鏡子，如實地反映了人生與社會的面相。二

者認為戲院乃演員與觀眾共同發洩情緒之處，積存於心的惡毒一經在戲院發洩，就可起淨化的作用，可以增進人與人間和睦相處的氣氛。

在田納西・維廉斯的作品中，就呈現了一片扭曲了的人物的面相，直迫每個人內心中不敢輕易自視的暗角，逼真得教人不寒而慄。他的人物都好像對觀眾大叫：「來看看你自己的醜樣吧！你就是這樣的一種東西！」

一個醜陋的人一旦被人硬掐住脖子按到鏡子面前的時候，大概不外有兩種反應：一是不得不面對自我，二是回頭就是一拳，罵道：「這是他媽的誰呀？老子比這個漂亮多了！」前一種人活得勇敢、堅定，而痛苦；後一種人活得苟且、窩囊，卻快活！

原載一九八三年六月一日《中國時報・人間》

# 藝術與色情

　　紐西蘭法院以有傷善良風俗之名下令銷毀兩千份裸男日曆。為何裸女的不銷毀，單銷毀裸男的？是否因為婦女的道德感比較薄弱經不起考驗？紐西蘭法院沒有詳細說明，我們也不便妄自推測。但紐西蘭法院的這一手，遠不及國父紀念館的管理人高明。國父紀念館似乎有一個原則，不管是男的、女的、老的、少的、死的、活的，只要是不穿衣服的，一概不准進館！所以我敢說不但現代的裸體畫不能在國父紀念館展出，西方古典的宗教畫，也不能在國父紀念館展出。耶穌和聖人的衣服，都穿得太少，聖嬰和天使則乾脆光著屁股。何況有些聖母像，如以我們道學家的眼光來看，啦！啦！也太線條畢露了些。西方的宗教畫既不能展，中國傳統的民俗畫也不能展，因為年畫中騎鯉魚的胖哥兒不是也光著屁股嗎？頂多只帶一個紅兜肚，其餘的是上下兩光。

　　國父紀念館的管理人不用說是最瞧不起色情，也最怕色情的。可是有人說啦，畫上光屁股的男女不是色情，而是藝術！這一點我就很替國父紀念館的管理人不平。怎麼生活中的色情一旦畫到畫上就變成藝術啦？這個理恐怕有點說不過去！看了《花花公子》上的裸照就會引動人的色慾，看了畢加索的裸婦就只會教人清心寡慾悟道參禪，誰信哪？何況誰又知道在畢老畫裸婦時候的心理活動與夫精神狀態跟《花花公子》的攝影記者的到底有些什麼不同？

所以藝術和色情難分啦！既然不好分，倒不如乾脆不分，爽爽快快地承認無色情就不會有藝術，無藝術不含有色情！我們不必在此搬出學院中佛洛依德的Libido的理論來嚇人，只簡單地說：色情乃人之大慾，而藝術正是人之大慾之表現，也就足夠了吧！

　　問題是為什麼古今中外的人士這麼懼怕色情？理論也很多啦，難以在此細表。至於色情是否就是這麼可怕的洪水猛獸？也是見仁見智，至今尚沒有科學的根據。討厭的是色情這玩藝兒，並不因為你怕它就不存在了，所以這種懼怕的心理總該有個限度才不致影響人們身心的健康和文化正常的發展。以文化比較而論。愈懼怕色情的文化，藝術方面愈不發達。在古今中外的人士中，以我中土人士比較懼怕色情；在中土人士中，又以當代的中土人士更比較懼怕色情；在當代的中土人士中，又以道德高尚的人士最最懼怕色情。所以結論是：中土的當代的道德高尚之士最不藝術，以致在家裏絕不敢掛裸體畫，只可在受不了的時候偷偷地去跑歌廳、舞廳、理髮廳什麼的。所以終於把問題弄得非常複雜。

　　其實最徹底的根治色情的辦法，莫若男的學太監，女的學有些非洲或蘇丹的婦女，一生下來就為之去勢。然後只培養少數的幾個蜂王蜂后負責傳種接代的任務，其他的都像中性的蜜蜂一般，六根清淨，只會終日勞苦工作。那大概就是我們中土的當代有道之士所日夜嚮往的大同世界的高尚境界了吧！

原載一九八三年八月二十六月《中國時報・人間》

# 惡補的價值

　　珍・陶薇（Jayne Torvill）和克里斯朵夫・丁（Christopher Dean）代表英國參加在芬蘭赫爾辛基舉行的世界花式溜冰賽，以自由式雙人舞為英國奪得了三十一塊金牌中的第十六塊金牌。這是他們第三次獲得同一種金牌。今年的自由式雙人舞的銀牌為蘇聯選手所得，銅牌則歸美國。這幾對都是二十歲上下的花式溜冰高手。珍與克里斯朵夫因為前年與去年一連獲得兩屆冠軍，自然最受人注目。他們冰上的舞技可說已到了化境，使觀賞者在如此精美的表演前會忍不住流出激動的眼淚，難怪九國裁判在藝術表現上全體一致給予滿分，在技術表現上也給予幾乎滿分的五點九分，造成了溜冰史上第一次達成的高水準。

　　你可知道如此的成果是怎麼得來的？在一項訪問中他們告訴記者，從六七歲就開始溜冰，而且愛上了溜冰，經常每天要練習七八小時，換一句話說，是純粹的「惡補」得來的成果！

　　由此看來，「惡補」並非全無價值的！

　　我們知道過去歐洲的音樂家都是從小惡補來的。貝多芬四歲的時候一天就在鋼琴前坐好幾小時，彈錯了還要給父親敲手指，我國過去的四大名旦也是惡補的結果。大家也都熟知坐科的娃娃時常挨鞭子的事實。那時候中外皆以為小孩子不打不成器。現在時代改變了，人的思想觀念也完全改變了，認為不打不罵也可以成器，為什麼一定要選不喜歡音樂的兒童去彈琴？不喜歡唱戲的

兒童去唱戲？難道就不可以叫愛唱戲的唱戲，愛彈琴的彈琴，愛跳舞的跳舞，愛唸書的唸書，愛搞機器的搞機器嗎？近代西方的教育就是走的這樣的一條路子，結果不打不罵照樣在各行都出現了拔尖的人物！

珍和克里斯獲獎後，記者問他們的感想，他們沒說這是伊麗莎白女皇的恩典，也沒說是佘契爾夫人的栽培，更沒有說是為了國家或家庭的榮譽，他們只說了兩句話：「我們以溜冰為樂，我們真高興得獎！」雖然他們的出發點是為了個人的喜好和興趣，但並不妨礙國家和他們的父母都因為他們而感到無上的榮譽。當英國國旗在蘇聯和美國國旗之上慢慢升起，英國國歌奏起來的時候，英國人無不得意地笑開了口。這就是在自由意志下真正的榮譽！

在自由的意志下心甘情願地選擇的惡補，不但不是一種疾病和罪惡，反倒會成為一劑滋補身心的維他命！

那麼為什麼我們的惡補會成為社會的一種癌症呢？那是因為我們這種惡補不是當事人在自由意志下的心甘情願的選擇，不喜歡數學的也非得補數學，不喜歡歷史的也非得補歷史。總之我們兒童所補的都是書本上的知識，其他一概不管！可是到頭來也沒有出現多少了不起的科學家和大學者，反倒產生了一批又一批的放牛班、自暴自棄的年輕人和四肢孱弱、頭腦僵化的四眼田雞！如果珍和克里斯進了我們的國中，恐怕也不免打到放牛班的吧！因此對別人的維他命，對我們反成了毒藥！

現在國人咸認為惡補已成為不治之症。怎麼會是不治之症呢？只是不想治、不願治而已！

惡補之症很顯然的乃來自聯考！就如過去的頭懸樑、椎刺股之來自科舉制度一樣。清末民初受了西方文化的衝激，我們開始

感到這種教育制度與考試方法對兒童身心發展的嚴重局限，決心更張改制。不幸的是我們的心態並沒有多大的改變，所以雖襲取了西方新式教育的皮毛，而未體會其精神，轉了個彎兒之後，又不由自主地回到老路上去了。過去考舉人進士，只考筆試，不考口試，只考四書五經，不考其他。現在我們的大專聯考也只考筆試，不考口試，只考國、英、數、三民主義、史地、理化，其他一概不管。設計了這樣的考試標準，那能怪中學生不上音樂、繪畫、體育等課程呢？有幾個有勇氣去做拒絕聯考的小子？

要是誠意使我國的兒童不要光進行腦袋式的惡補，就得設計出另一套方案來誘導才行。為什麼大專聯考不能口試，只能考筆試？會說話的就必定不如會寫文章的好嗎？為什麼不能在考記憶力和分析力的科目外，兼考體能和創造力的科目？像賽跑、游泳、演戲、跳舞、唱歌，對一個人身心發展不一定就低於國、英、數。游泳好的就不能做科學家嗎？會跳舞的就不可以做大學者嗎？如果有勇氣調整一下考試的內容，你看吧！幾年之中我們年輕人的身心發展就會大大改觀了！

原載一九八三年七月十三日《中國時報・人間》

# 要命的校園歌曲

　　久聞校園歌曲的大名，去歲在臺北買了一大把帶回，一直無暇聽。最近忽然心血來潮，從箱底裏翻出來，一一拆封，想耐心地細聽一番。第一兩盒的確是很耐心聽的，但到了第三盒就有點耐不住了。聽了一兩首，又換第四盒；又聽了幾句，又換第五盒。後來把一大把都抽樣聽了一遍。怎麼全是一個味道？不但女的唱的全是一個味道，男的唱的也全是一個味道。甚至於男女之間也沒什麼大不同，竟像同一個人作曲、同一個人作詞，又由同一個人唱出來的一樣；不過有時他把聲音逼細一點做女聲，稍微放開一點做男聲而已。

　　要我說有什麼特點，我還真說不出來，都一律好像錄音前沒吃飽飯或沒睡足覺的有氣無力的軟綿綿，說野不野，說文不文，說激昂不激昂，說悲切不悲切；比之於菜，是淡而無味；比之於顏色，是不藍、不紅、不黑、不白的中間色。

　　其中有一首題作「武松打虎」，心想這可好啦，武松打老虎，總不能像劉二姐拍蒼蠅那麼個打法吧？誰知一聽，就像看林黛玉演張飛，滿不是那個味兒！

　　這是怎麼一回事呢？我們年輕人的個性都哪兒去啦？怎麼都像一個模子倒出來的？是聽歌的聽眾這麼要求的？還是作曲作詞的跳不出這個模子？再不然就是我們訓練歌手的老師就那麼一位，訓練來訓練去都訓練成了一個調子啦？

如果沒有別的國家的歌手做比較，也許還沒有這樣的顯著。現在世界各國的歌手都成籮成筐，國內也不是聽不到看不到的。即使是後知後覺吧，也總該學幾手兒了。野就該野出個樣子來，文也該文出個樣子來，娘娘腔也沒關係，就該放開膽子真正娘娘腔一番。像梅蘭芳，沒人怪他不男不女。最怕的是不文、不野、又有點娘娘腔，又不全像娘娘腔。這就好像做菜，放了一點鹽、加了一點糖、倒了一點醋、一點醬油、滴了幾滴料酒，又添上一點辣椒、一點咖哩，可是哪種作料也不敢多放。這個菜做出來，可真夠吃得了！

　　當然我不能在此以偏概全，也許有個性的歌沒讓我買著，湊巧我都買成一個腔的啦！但是不容諱言，如果拿我聽過的歌手與西方的歌手比較，或者與我們的近鄰同是東方國家的日本比較，就可以看出來我們所缺乏的正是幾分個性！

　　其實我們古代本是個挺重個性的民族，譬如說劉備、關羽、張飛、趙雲，外加一個諸葛亮，誰也不像誰。連張飛這種毛頭毛臉的，也有人說他嫵媚。要是張飛生在當代，準是婆婆不喜，公公不愛，上國中免不了打入放牛班，長得跟秦漢、秦祥林距離這麼大，頭髮又長，鬍子不剃，還不給當不良少年辦了嗎？也難怪我們今日的青年這麼相像。要不是聽到這種歌聲，我也願意老看秦祥林和林青霞的漂亮臉蛋兒。但一聽到這種有氣無力的歌聲，我就不免有點懷念起張飛來了。

　　復古雖說不是好事，但如已上了復古癮，非復不可的話，最好還是從這裏復起！

原載一九八三年八月四日《中國時報‧人間》

# 丟了半條命的牧者

〈要命的校園歌曲〉居然真來要牧者的命了！

最近接到一封由幾個讀者合寫的來函，開頭是這樣寫的：

「敬啟者：（倒滿客氣！）

看完你寫得（！）文章，我覺得你很欠揍，要是知道你的姓名和地址，我會要你的命！（乖乖嚨地咚！）

你寫得（！）標題很漂亮，『要命的校園歌曲』，不知道你死了沒有？我想是沒有死，才會有這種破文章在報上刊出，放心好了，有機會的話，我會幫助你收魂的！」

以下把牧者罵了個狗血噴頭，連牧者的父母都未能倖免！最後的署名是「要命的」！

你看恐怖不恐怖！幸好牧者常看恐怖電影，把膽子練出來了，否則看完了這封信非嚇得抽了筋兒不可！

寫信的人問牧者死了沒？不是明知故問嗎？幸好還算個明白人，得出了既有「這種破文章在報上刊出」，「我想是沒有死」的挺邏輯的結論來。

想不到在我國寫批評的文章竟冒如此大的風險！看樣子非要有把生死置之度外的決心不可。所以我奉勸年輕的作者千萬別吃這行飯！至於牧者本人，倒無大礙。牧者到了這把年紀，罵人也罵過了，挨罵也挨過了，人生的酸甜苦辣百種滋味也都嚐過了，這一生總算沒有白活，多活兩年少活兩年都沒有多大關係。正愁

的是沒有人來收魂，現在居然有人自動熱情地來收，真不知是那一輩子修來的福！所可惜的是這些年紀輕輕的「要命的」，因為要了牧者一條半殘的命，而陪上了大好的前程，倒是並不多麼划算的事！

在牧者的文章裏並沒有提名道姓地批評誰，可是來信都說得過金鼎獎的×××唱的歌是批評不得的！真是失敬得很，早該打聽清楚了，免得惹這麼一身麻煩！其實×××本人說不定要感激牧者這一批，這年頭兒在報上登廣告多麼貴呀！現在所有好奇的讀者說不定都想聽聽林黛玉演張飛的味道，正如來信中所言「林黛玉演張飛，就像你媽演妓女，滿有那個味道的！」×××的唱片和錄音帶豈不要因此暢銷了嗎？

牧者正擔心現代的年輕人沒有個性，這封恐嚇信寫得如此之有個性，可見是牧者過慮了！因此，今天中午，牧者多吃了兩碗飯，以示慶祝！

原載一九八三年九月二十七日《中國時報·人間》

# 詩與誦

　　中國畢竟是詩的國家，中國的詩有他的特點，中國人吟詩也有他的特點。這一點如果失傳了，將是文化上的一個很大的不幸！我很幸運地聽到了邱燮友採編的《唐詩朗誦》、《唐宋詞吟唱》和《新詩朗誦》。可見當代是不乏有心人的！

　　這幾套錄音帶在製作上有兩大特色：一是把詩人詩作都作了詳盡的評價和介紹，二是對各家各派不同的吟誦方式也作了重點的分析與比較。但特別難得的卻是匯集了我國各省的吟詩名家，其中不少今已作古，如想重製已不可得了！

　　不過這幾套錄音帶，我也並不覺得樣樣滿意。我最欣賞的還是潘重規、戴君仁、林尹、齊鐵恨、陳泮藻、章微穎、李曰剛、王更生等教授的吟詠，最能保持古風之渾厚自然。其中有幾位以閩南語吟詠的，也很動聽。尤其是莫月娥女士，功力深厚，不可多得。但由年輕學生們伴以國樂群聲朗誦的一部分，我不十分欣賞。這並不是說這樣的吟法違反了我國吟詩的傳統，就必定不好，而是如此的創新尚未臻純熟。群聲難顧個性，又為樂聲所奪，結果是非詩非樂，兩頭落空。

　　詩，本來就不應該只寫在紙上，而應該可以上口朗誦的，這正是詩之所以在音律上有所要求的原因。很多詩體的源起，乃來自俚曲民謠。但既演而成詩，則不能再以俚曲民謠視之。詩自然亦可譜之成曲成歌，但既已譜成歌曲，則音樂性已凌駕於詩性之

上，亦不能再以純詩視之，所以詩之為詩，不在歌，而在吟誦。凡詩皆可誦，古今中外皆然也。

然而中國的詩統與西方詩統的最大不同，是西方有詩劇而中國無。元明雜劇戲文自然也是一種詩體，但這種詩體是唱的而不是誦的，與西方之歌劇相當，而不能與詩劇並比。詩劇者，有節奏、有韻律之朗誦話劇也。西方因有此傳統，所以西方詩劇以外的詩作，也多能琅琅上口，可吟可誦，誦詩會可與音樂會等觀，有職業朗誦家，聽眾買票入席。西方的話劇演員，也無不擅長誦詩。

朗誦固然可以空口為之，也可以配以音樂；鋼琴、吉他是常用的樂器。但重要的是不能喧賓奪主，音樂只為陪襯，絕不能演成歌劇或伴唱的形式，更不可配以本身有特色的音樂旋律，除非其特色偶與詩之內容及形式兩相諧和。這種情形甚為少見，幾乎是不可能的。

我國新詩的發展，因為沒有詩劇的幫襯，常常成為紙上談兵，不易上口。有許多譜成曲的，像趙元任的〈叫我如何不想她〉、徐志摩的〈偶然〉等，則以歌傳，詩味反倒不足。晚近的新詩，如果朗誦起來，很可能不知所云。邱燮友所選出的新詩，卻都是可以上口的。在製作上雖偶然發現朗誦人的聲調太過做作，有失自然，但大體上相當成功，反較配樂的古詩詞動聽。其中有一首瘂弦的〈鹽〉，是以方言朗誦的，可說別具風味。使人體會到舊詩固然多以方音吟誦，誦新詩也不一定非用國語。

這一套錄音帶，把平面的詩變作了立體，相信對今後詩的發展，一定有良好的影響。

原載一九八三年八月十六日《中國時報・人間》

# 紅燒鷄與清蒸魚

　　最近國內的電影繼小說而後呈現了一番新氣象，有相當虛構的，也有比較寫實的，有以傳統的方式拍製的，也有比較新潮的。這正是一個好現象，就像我們的中菜一樣，應該五花雜陳。那麼批評的標準，也不能定於一尊。

　　先說吃菜，如果你嘗了一口清蒸魚，立刻批評道：「這清蒸魚做的不行，一點紅燒鷄的味道也沒有。」聽了你的批評，不但做魚的廚師莫名其妙，同席的人也一定認為你閣下的神經發生了問題。

　　所以說，在口舌上我們中國人的口味不但非常廣闊，而且相當內行，像以上的外行話立刻就可以聽得出來。可是在文學與藝術上就不盡如此。我們常聽到有人批評一本小說寫得不夠真實，一幅畫畫得不夠明朗，一齣戲演得不夠樂觀，一部電影拍得不夠「健康」等等。如果那部小說壓根兒不是一部寫實的小說，你能批評它不夠真實嗎？如果那幅畫企圖表現的就是晦暗的顏色，你能批評它不夠明朗嗎？如果那齣戲根本就是一齣悲劇，你能批評它不夠樂觀嗎？如果那部電影所表現的正不是你閣下所認為的「健康」，你能批評它不夠健康嗎？

　　你批評清蒸魚的味道，只能根據魚的本味和清蒸的做法所能加予魚的滋味來批評之，也就是根據作品的素材和作者是否達成了其意欲表現的企圖來批評之，卻不能搬出毫不相干的紅燒鷄來

批評清蒸魚的滋味。

在美味上我們不因有了紅燒雞就排斥清蒸魚,在文學、藝術和電影上,難道因為有了寫實,就該排斥非寫實?有了明朗的顏色,就該排斥晦暗的顏色?有了喜劇,就該排斥悲劇?有了你閣下認為的「健康」,就該排斥你閣下認為的「不健康」嗎?

原載一九八三年十二月十日《中國時報・人間》

# 改良與革命

　　自從民國以降的革命家把「改良」描黑了以後，「改良」一詞在激進的人看來便是溫吞吞的保守派，在守舊的人眼裏又成了不守規矩的異端。真是公公不喜，婆婆不愛，無處身之地矣！連帶使提倡文學改良的胡適也成了反面教員；鼓動文學革命的郭沫若在大陸上反倒成為人人尊敬的郭老。到底在文學上郭沫若比胡適更革出個什麼新局面來？真是天曉得！只能說胡適受了「改良」之累，而郭沫若卻沾了「革命」的便宜！

　　改良就真的不如革命嗎？恐怕不見得！法國人經過一場砍掉了不少頭顱的大革命，英國卻沒有。現在英國的政治就一定沒有法國的民主，人民的生活就一定不及法國的自由嗎？恐怕仍得說不見得！那麼為什麼在促使社會前進中有的採改良的手段，有的採革命的手段？我想這大概跟民族性有些關係。英法兩國我都長期住過，我就覺得說服英國人容易，說服法國人難。動起手來也是一樣。你剛一挽起袖子，英國紳士便趕緊說：「老兄，你暫息雷霆之怒，有話好說！你既然比俺壯，俺看咱們就不如妥協了吧！」法國人呢，一定得等你把他打一個狗吃屎，他才不得不認輸！所以英國的事常常是一點一滴地改良，法國則常常激成革命。

　　就拿大學的制度來說，英法的大學都很老，少說也有六七百年的歷史。我在法國大學的幾年中，沒見過有什麼重要的改革，

一直等到一九六八年的大學生暴動，放了火，殺了人，才來大事更張。我在英國大學的幾年中，每年都有所改革，雖然都是小改而不是大改，可真是不停地在改。譬如說學分制的改良、上課時間的相對縮減、和引起我國的道德之士大為憤懣的男生宿舍兼收女生的改良，都是這幾年才做的。其他的小改良，多不勝數。

但英國的改良，若比起美加來，那又瞠乎其後了。加拿大的大學好些年前已經採納了學生考老師的制度，但這種做法在講求師道尊嚴的英國紳士的腦子裏還覺得是件不可思議的事。我自己久經學生考驗，也沒考焦了！也沒矮半截！但英國同事聽了總搖頭，老師給學生考？俺不幹！美加人民多半也是英國人的後裔，為什麼一渡大西洋就積極起來了呢？大概因為肯渡重洋的人，不是富有冒險精神的，就是對原來社會不滿的分子。不想這一點冒險與不滿，竟造成了後世北美的富庶與繁榮！

英法兩國這一點差別，如果以海島與大陸氣質來解釋的話，不知是否可以適用於日本與中國？日本明治維新是改良的成功，中國的戊戌政變卻是改良的失敗。清廷一定要等到給革命黨打一個狗吃屎才肯認輸，其實康梁當日的主張，哪有慈禧腦中想像的那麼可怕？非要剷之除之而甘心呢？改良不過是在原有的基礎上稍稍做一點手腳，絕不會傷筋動骨，但是在來日無多的老人看來卻成為刺眼的欒木。如果像英國人似地那麼善於妥協，年輕的也不要那麼心急氣躁，妄想一日千里，年老的也不要光想保持現狀而寸步難移，大家折衷折衷，「改良」也就不至於那麼可厭與可怕了！

原載一九八三年五月十三日《中國時報‧人間》

# 話說幫閒階級

　　一人得勢，眾人依附：有抬大轎的、有提皮包的、有端茶壺的、有捧痰盂的、有掌大廚的、有拉皮條的，總而言之，言而總之，把主人伺候得面面俱到。這群趨炎附勢的人，並非強迫，而係自願。不管是否居心叵測，或別具用心，當其時也，的確是誠心誠意地去伺候主人。這種人，歷代名之曰「幫閒」。因其人數眾多，足可左右一個社會之興衰隆替。從今日社會學的眼光來看，實可稱為一個階級，即「幫閒階級」是也。

　　幫閒階級是古今中外皆有的一種社會現象，但比較起來，卻不得不推中國的幫閒最為出色。古代孟嘗君所養的三千門客，即是標準的幫閒階級。宋朝的高俅竟以幫閒而位居宰相。在中國社會中，本有考試制度，但聰明的人看準了考試之外的另一條晉身的捷徑──即是幫閒。有野心的人去做大幫閒，野心不足的也可以做個小幫閒，或者去做幫閒的幫閒。《金瓶梅》裏的應伯爵即是地痞西門慶的小幫閒。今日為電影明星做打手的，也可歸入這一類小幫閒之列。

　　為什麼幫閒階級在中國社會中能發展成如此龐大而持久？

　　就一般的原因而言，人類本為群居的動物，在群居中自然產生種種彼此依附的關係。幫閒也是人類彼此依附的關係之一。有一位擅長寫小說的朋友曾畫龍點睛地繪出了幫閒階級的嘴臉。他說某富翁冬天與幫閒共坐，忽欲入廁，即有一幫閒起身請其稍

候數分鐘，自己先去把馬桶坐暖，然後再請富翁就位，就不致在嚴寒中捱受冷馬桶之苦了。就此暖馬桶一例，足知幫閒效用之大矣。重要人物如無幫閒，豈能生活？

談到在中國社會中形成幫閒階級的特殊原因，一是中國社會結構是家族式的，如不經此幫閒效忠的方式很難打入其他家族跟要人發生關係；二是中國褒忠獎孝的家庭教育壓制兒童特立獨行的人格，培養依附心理。所以家族結構的格局，跟依附心理的教育，可說一拍即合。這也就是為什麼中國社會中不太需要失業保險。失了業的人，除了投靠父母兄弟外，還可以去為人幫閒，混一口飯吃。有錢的老爺，誰不甘願花幾個小錢在為他暖馬桶的幫閒身上？因此幫閒者流就不愁沒有飯吃、沒有酒喝了。而且如此的收入，連所得稅也不用交。稅局可以抽妓女的稅，因為妓女是一種職業；卻不能抽幫閒的稅，到今天幫閒還不曾職業化呢！

外國有錢的大亨更多，幫閒的也時有所見，但相形之下，遠不及中國來得人多勢眾，也不曾形成一個階級。問題並不在外國的大亨吝嗇，不肯供養暖馬桶者流，而是甘願為人暖馬桶的人才難求。

在中國，願暖馬桶、愛暖馬桶、會暖馬桶的人才如此眾多，若想實行獨立自由的民主法制，不亦難乎！

原載一九八三年十一月《南北極》一六二期

# 階級與階級的帽子

　　在英國生活了三十多年的馬克思發展出一套階級的理論來，是一點也不足為奇的。英國的社會是一個階級的社會，至今如此。不但居住的區域代表了不同的階級，職業、口音也與階級有關。社會上的各種俱樂部，那更是物以類聚的具體象徵。所以不同階級的人，不說素無交往，至少接觸不多，全靠了共同遵守的法律來各安其位。

　　這種階級的劃分能夠維持不變，自然與婚姻上門當戶對的風習有關。在英國不同階級間的聯姻，並非沒有，但需要極大的勇氣。過去皇室絕不跟平民通婚。如果是王儲，那要求更加嚴格，非要到歐洲大陸物色門當戶對的公主、親王不可。所以當前英國的王室，往前數五代，有蘇格蘭血統、有德國血統、有丹麥血統、有俄國血統，唯獨盎格魯・撒克森的血統非常稀薄。當今女王的王夫，如以我國從父籍的習俗而論，是希臘的王族，將來英國的王位則不免為希臘人篡去了也。

　　所以在英國，民族的感情是下層社會的事，而不是上層社會的。上層社會另有一套傳統與法規。例如二次大戰時英國的抗德英雄蒙巴頓將軍，本身是不折不扣的德國種子。如果談民族感情，他就無法下手殺德國人了。

　　歐洲今日的情況有點近似我國的戰國時代。那時候各國諸侯間也是彼此通婚。談到齊國、楚國、秦國，也都是下層社會的

事，居統治地位的貴族，則都是表兄弟一家人。

但我國在秦始皇統一中國以後，這種情形就改變了。沒聽說歷代中國的皇室去跟印度、波斯、埃及的王族聯姻的。甚至於在和番時，中國皇室都捨不得把真正的公主嫁出去，只好選出王昭君一類的民女來冒充貴族。中國的皇室既不嫁娶身分平等的外族，只好降低身分跟自己的平民通婚。因此比起歐洲（特別是英國）來，中國婚姻上的門當戶對並不嚴格，像王寶釧式的嫁叫化子的都有。再加上中國科舉制度原則上的一視同仁，給下層社會的有志之士開出了一條相當艱辛但並非絕無可能的上升渠道。所以中國人的階級意識，比起歐洲人來，應該說是素不明確。

現代人根據馬克思的理論，硬製造了一套中國社會的階級分析出來。不但有地主、富農、貧農之分，而且貧富之間還有一個中農階級。這還不夠，中農又給分成上下兩種。其分工之細，可說無以復加。所可惜的是這許多精密的工夫並非像馬克思似地根據對社會的觀察與調查而來，而是根據教條硬套出來的。一旦強加到大陸的農村中，其紛亂可想而知。這就是為什麼在中共土改期間，除了幾個顯而易見的地主、富農外，其他的人只能靠幹部閉起眼來硬劃，就是地主與富農，各地的情形也不一致，陝西省山溝裏的地主恐怕還趕不上廣東省珠江三角洲的一個貧戶，大陸所有的地主跟歐洲的地主一比，又都成了窮人。一樣的經濟情況，卻遭到極不同的政治待遇，這就只怪自己生錯了地方啦！

這種硬劃的成分，當時還為不少中外的人士鼓掌喝采，認為是天才的傑作，是把馬克思主義中國化的最大貢獻。但是三十多年後的今天，已經結出惡果來了。第一個惡果是摧毀了農民生產的積極性。地主富農既如此可恨，誰還願意、還敢於去發家致富呀？第二個惡果是破壞了大陸農村中和睦相處的氣氛。成分既是

閉起眼來硬劃的，你今天來劃我，難道我有一天不會來劃你嗎？
好啦！咱們騎驢看唱本，走著瞧吧！這一瞧不打緊，一口惡氣就
積在眾人心裏了。於是人與人、家與家之間鬥來鬥去兩敗俱傷，
無寧日矣！

　　你看，英國明明是一個階級森嚴的社會，倒可以和平相處；
中國大陸明明是一個階級不明確的社會，人們反戴起一頂頂階級
的假帽子來打破頭了！

　　　　　　　原載一九八三年十一月五日《中國時報·人間》

# 不退休的老人

　　去年加拿大繼美國之後，也在醞釀取消強迫老人退休的制度了。而且有一所大學的一位年屆退休年齡的教授，在跟學校為強迫退休而興的訴訟中，居然打贏了官司；理由是僱主不該對僱用人員有種族、宗教、性別、年齡等歧視，因而堂而皇之地居教授之位而不去。那麼以後年屆退休年齡的教職人員，是否可以援例跟進呢？這個問題正成為加拿大各大學進行討論的熱門話題。

　　其實退休制度，原是在社會福利制度的構想中建立的，目的首在保障老年人怡養天年的權利，次在給年輕人開放就業的機會。促成合理的新陳代謝。在法律上，並沒有對退休年齡的明文規定，各行各業斟酌工作的性質各自為政，而且有些執行並不嚴格，特別像學校這種機關，到了退休年齡，如果健康情況尚佳，申請延長一年半載也不成問題。豈料到了八十年代，各國經濟情況日蹙，失業的壓力越來越大。放著年輕的不加任用，讓眼花耳聾的老人繼續在講臺上嘮叨，實在有點說不過去，於是才抓緊了退休制度。英國的大學從去年開始不但六十五歲以後絕不延期，而且正醞釀把退休年齡提前到六十二歲。同時校方書面口頭大力勸說五十五歲以上的教職員自願退休。既是自願，當然不能強迫，方法是動之以情，誘之以利，凡自願退休者可以獲得若干額外退休補貼云云。

就福利而言，老年退休是一個好制度。就社會的進步而言，讓老年的退休也是勢在必為的。但是有些老年人除了本份的工作外，並未養成其他興趣。一旦退休，驟失所倚，體力銳減者有之，精神崩潰者有之，就此嗚呼哀哉者有之。那當權在位的，情況更加難堪。一旦退休，立刻門庭冷落車馬稀；阿諛奉承的不見了，託人情的不來了。本是一呼百諾、未呼也有人來諾的，現在是百呼而無一諾。因此各行各業的老年人，無不視退休為大限來臨！

這個制度之所以能建立，之所以尚能繼續維持，端賴人的一分理性！老祖父強坐在孫子的頭上，在老祖父這方面自然覺得很自在，無奈孫子受不了！

在中國這個問題更形嚴重，不但六十歲以上的不退，七十歲以上的也不退，甚至八十歲以上的還要護士扶著到人民大會堂去哼哼！好像只要還留有一口氣，可以用擔架來抬的就絕不退位。這樣以後也不必建什麼國務院、總統府或人民大會堂一類的建築了，只要擴建老人院的病房就行。開大會的時候，眾老人都可以躺在病床上互相哼哼，倒可以為國家省下一筆建築費來！

原載一九八三年十二月《南北極》一六三期

# 防民如防賊

　　胡娜在美獲得政治庇護後，中共一怒之下斷絕了與美國的文化交流。西方輿論咸認為中共意氣用事，措置不當。

　　然而在中共一方面，一定是認為非如此不足以嚇阻今後企圖步上胡娜後塵的文化交流人員。另一方面也可能是為了中國人傳統上最重視的面子問題，認為一發脾氣，面子就挽回了一半。其實與其因此而生氣，中共的當政者倒不如趁此機會反躬自省一番。

　　胡娜並不是一個特例，而是千萬個逃離大陸的中國人之一。我們都知道中國人一向是最重鄉土的民族。往昔美加的華僑無不抱著落葉歸根的觀念，賺足了鈔票就返鄉去也。有些來不及返鄉就斷了氣的，也要千里迢迢的把屍骨運回故土。當時美國的自由民主似乎對中國人並沒有很大的吸引力。從中國到美國的移民，多半是為了在故鄉無以為生，才漂洋渡海去賺美國人的黃金美鈔。那時候中國人倒是在異族滿洲人的統治之下，中國的經濟也是很落後的。何以今日的情勢忽然大變？美國的自由民主幾乎成了中國人千方百計向美國移民的重大理由，這還不值得中國人自己反躬自省一番麼？

　　在一般的情形下，一國的國民享有種種非國民所無法享有的權利：例如選舉權、居留權、就業權、人身自由言論自由權、受法律保障權等等。是故一個人只有在自己的本國才能獲得最大的自由和最舒適的生活；一出國門就失去了這種種權利。然而做為

一個今日的大陸百姓，不但什麼權利都沒有，義務卻有一大疊。要服從黨的領導，要聽××的話，讀××的書，按照××的指示辦事。這且不說，連大飯館、軟席火車都是為外賓和高級華人等非國民準備的，國民反倒無份焉。到了這麼一種地步，做為一個「中國國民」的頭銜，還值幾個錢呢？

在西方國家的海關上，多半都有兩種不同的檢查口。一是對外國人，一是對本國人。對外國人，有的要護照，有的要簽證，還要在你的護照和簽證上蓋章，以便以後可以查驗你進出口日期。對本國人呢，不管任何證件，只要亮一亮就過去了。有時候忘了帶證件，說一句也行。中共的海關則恰恰相反，執用外國護照的倒並不囉嗦，要是本國人出入國境，那麻煩可就大嘍！出國的一律當逃犯看待，你得設法證明你絕不是逃犯；回國的一律當走私犯看待，你也得設法證明你不是走私犯。是誰教唆的海關人員如此瞧不起本國人呢？還不是自己的政府嗎？用一句不中聽的話來說，這樣的政府真是防民如防賊呀！

在把國民視做罪犯和奴隸的國家，能怪國民不愛國嗎？在這種情形下，還要一廂情願地認定了「不管我多麼折磨你，你仍然得做我的順民」，那毋寧是把中國人都看作是天生的奴才和被虐狂了！

中國人的愛國心，絕不下於任何西方人。但愛國的先決條件得有一個「可愛的國」，才能愛得起來。胡娜受到美國的政治庇護，中共的當政者如果還有一分清醒的頭腦，就該感謝美國給予其國民自己所不能給予的待遇與權利，哪裏還有臉面來惱羞成怒呢？

原載一九八三年五月二十六日《中國時報・人間》

# 移民與流放

　　中國是個人口過剩的國家，向外移民本是種正常的現象。但是由於中國人天生的留戀故土（其實誰又不留戀故土？），因此移民的人心中不免有自愧之感，在其他同胞的眼裏也總覺得不是滋味，因為過去只有犯了罪的人才流放邊境或國外。

　　現在中共對滯留國外的留學生或其他外放人員常視為政治逃犯，則心理上已自把中國看成了牢獄，若非牢獄，豈有逃犯？

　　過去中國向外移民，有歸化的，有返鄉的，來來往往並未成為問題。一般來說，移民的原因，多為經濟問題。因為在國內無以維生，才肯漂洋過海，為人修鐵路、淘黃金、洗衣服、開飯館兒，做些人家本地人不肯做的苦工。所以當時的移民多為沒有知識的鄉民，留學生滯留國外而不歸的可說絕無僅有。就是在抗日戰爭時期，生活那麼艱苦，加上戰禍的危險，也少見留學生學成不肯歸國的現象。

　　可是到了近三十年，情形卻大變了。中國向外移民和滯留不歸的，已不是無知的鄉民，而是學有所成的知識分子。歸化的原因，也已不再是經濟問題，而成為政治問題！

　　如果說中國的經濟從十九世紀以來，沒有長足的進步，難道說政治上從滿清統治以降，也不獨沒有前進，反倒後退了嗎？否則，為什麼原來不成問題的事反倒成了問題了呢？中國從有史以來從沒有如此大量地排斥過其精英分子，中國歷代的政府對其人

民之控制也從未有如今日之嚴苛細密。那麼說中國自戊戌政變以來，追求民主自由的革命運動，到底得到了些什麼樣的結果？先人為自由民主灑熱血拋頭顱的代價到底何在？中國人自詡是一個智慧的民族，智慧的民族怎麼做出這樣的事來？

今日的執政者都是經驗豐富的「智慧」老人。如果說中國像一個家族的話，過去離家出走的，不過是些不成器的子弟；今日離家不歸的，卻是本該繼承家業的有出息的子孫。放著自己的家業不繼承，卻寧願去過寄人籬下的流放生活，如不是這般有出息的龍的傳人心理上發生了毛病，那毛病必定是出在當家掌權的老祖父的身上。這樣的「老祖父」，還不該痛自檢討一番麼？

一九八三年五月二日於英倫

# 竊國大盜與人民導師

　　法國經過一場大革命，把國王砍了頭，把貴族削了權。英國從未經過大革命，到今天女皇還穩穩當當地坐在她的寶座上。如果你說今日沒經過革命的英國，不如經過了一場大革命洗禮的法國民主與自由，那可真是不見得。你如果拿英國跟另外經過一場大革命的俄國和中國比，那就更加使人覺得革命的代價不是十分值得的事情了！到達民主與自由的道路，並不一定非經過革命不可；而革命也並不一定就是達到民主與自由的唯一手段。

　　所以有人說：中國的命是白革了！早知道如此，還不如省點勁兒，學學日本，保留滿清皇室，至多不過像英、日兩國似地每年花幾十萬兩銀子。多開支這幾十萬兩銀子，絕不會引起英國和日本的經濟恐慌，何況中國這樣一個大國了。

　　如此說來，中國人的革命，正像阿Q的結局，費了力而未討到好。因為中國人的心目中比英國人更需要一個高高在上的偶像。沒有這個偶像，心中就起恐慌，非得造一個出來不可。所以毛澤東本來也許沒有做毛皇帝的意思，可是硬叫國人給他黃袍加了身。

　　回頭看歷史，不得不可憐當初袁世凱稱帝時太心急氣躁了一些，也可以說沒看清楚中國人的心理。要是稍有耐心，多等上幾年，把幾個目無君上的革命黨慢慢地以反革命罪名打成黑幫，然

後再俯順民情登上寶座，就會水到渠成了。所以心中躁切的不免
成了竊國大盜，稍有耐心與心機的就可成為人民導師！

原載一九八四年一月《南北極》一六四期

# 不堪回首話中國
## ——英國漢學家面對中國的一次總結

　　本年六月二十四日出版的倫敦《泰晤士報文學增刊》（該
期中文題字，稱《副刊》，但因係另成一冊，分別出售，依中國
報章習慣，應稱《增刊》）忽然出了一個「中國專號」。在這種
並沒有關於中國特殊事故發生的時候，不知《泰晤士報》的用意
何在。也許是因為香港的問題燃在眉睫，報界想提醒一下群眾對
中國的注意？也許只不過促醒一下英國人民對中國日漸沉睡了的
興趣與關懷？不管動機為何，這次《文學增刊中國專號》的編輯
可說是煞費苦心，邀請了好多位目前在英國當紅的漢學家，對中
國近幾年的研究做了一次總結。其中包括書評和一般性的評論文
章，涵蓋面相當廣泛。自然要把西方數千位中國專家的研究成果
都包括在內是不可能的。但這種重點式的介紹與批評，對一般非
專業的普通讀者而言，已經有足夠啟發開導的作用。

　　中國學在西方一直屬於學院中的專門性的研究，研究論文多
由學術性的刊物發表，一般報章雜誌很少報導介紹，因此西方一
般人對中國的認識常常只停留在道聽塗說的階段，正如中國人對
西方的認識不相上下。在這種情形下，《泰晤士報》的這種專題
報導，對漢學家和一般群眾雙方面都算是一件難能可貴的大事。

　　專號中所評論的範圍，也正如中國研究的範圍一般，可以分
作古代中國和現代中國兩部分。古代中國的研究偏重在考古、歷
史、哲學、科技、文學、藝術等方面；現代中國的研究則偏重在

政治與經濟的情況。這種重點的劃分，一方面可能表現了西方人對中國認識的某些成見，另一方面也不能說不曾反映了中國在歷史中演進的路程：從一個文化燦爛、科技發達的先進古國，逐漸轉化成一個陷於政治與經濟困境的現代落後的國家了。

李約瑟（Joseph Needham）對中國科技史的研究，曾使不少中國學者感到面紅而心愧。第一、近代中國在西方文明的強力衝擊下，少有人再關懷到中國過去在科技上的成就，更少有人肯於獻出畢生的精力，來發掘隱晦不彰的資料，重建中國科技發展的脈絡。第二、即使中國學者有此野心，也很難同時兼有對西方科技發展的知識以作比較，為中國科技的發展在世界科技發展中找到一個合適的地位。第三、中國的學院中有沒有這種獨立研究的自由和足夠的財力支持來進行這種長時間的大規模的研究？說來這第三項才是最重要的。中國缺少了這種學術研究的環境，不知淹沒了多少中國學者的雄心大志。在臉熱心愧之餘，也只能接受一己的歷史命運。專號中重刊了李約瑟於一九七九年在香港的演講〈中國與免疫學之起源〉（China and the Origins of Immunology, Hong Kong University Press, 1980）一文的節錄，使西方的群眾瞭解到遠在一向認為的牛痘免疫接種的發現者愛德華・甄奈爾（Edward Jenner）在一七九八年試用以前，中國早已實行了好幾個世紀了。可是牛痘接種的技術，正像其他科技一樣，在中國的社會環境中，只有萌芽，而無發展。西方人覺得很為可惜。我們中國人自己呢，應不應做一些沉痛檢討的功夫？追求出到底是什麼原因阻礙了科技在中國的發展。只找出原因來當然還是不夠的，重要的是根據這樣的檢討，下決心來改善政治與社會的環境。

另外古代中國一項特出的成就是瓷器製造。大英博物館的中

國瓷器專家榮森（J. Rawson）的一篇文章中介紹了中國瓷器的技術成就以及對世界各地瓷器業的影響。中國的粗瓷（堅陶）已有三千年的歷史，細瓷也有一千餘年，可是這一項光榮似乎也漸漸成為過去。各國博物館中陳列的雖然大多是宋、明、清三代的瓷器，但如果我們到各國瓷器店裏看一看，標價最高，型態最美的當代陶瓷，卻常常是日本或英法的出品。榮森的文章指出，在去年上海舉行的一次中國瓷器會議上，她發現中共和西方專家對古瓷研究的旨趣不同。西方研究中國古瓷，旨在探討其年代、地點以及傳播的情形，也就是重在文化傳播與藝術成就。中共的專家則只作技術的探討，旨在如何複製仿造古代的產品。

談到中國的陶瓷，就不能不使人聯想到中國文化的源起。今日所發現的遠古實物，還是以陶器為多，其次是青銅與玉器，當然還有商代的甲骨文。這些實物的發現，無不證明了中國三千年前已有相當高度的文明。考古也是西方對中國研究的重點之一。倫敦大學亞非學院的考古學教授維廉・瓦森（William Watson）同時評介了最近出版的三部有關中國考古學的書。一本是大衛・凱特利（David Keightley）編的《中國文明之源起》（*The Origins of Chinese Civilization*），是一本作者眾多的論文集，主要討論了中國古代之自然環境、種植、食品、冶鍊、人種與文化起源等問題。另一本是王仲殊的《漢代文明》（*The Han Civilzation*，英譯者為張光直等）主要的講漢代的村鎮、農工業的發展。第三本是皮雷早利——塞斯梯文斯（M. Pirazzolit，Serstvens）的《中國的漢代文明》（*The Han Civilization of China*），偏重在政經社會的發展，也兼及科技與考古。皮太太說起來倒也算是老朋友，十五六年前曾經同過事。那時候她還是塞小姐，剛以優異的成績拿到博士學位，出任了巴黎葛依麥（Guimet）博物館的研究員。這十幾

年來她已經做了不少對中國建築、考古和文化方面的研究。瓦森指出皮書中多有與中國學者不同的見解。

瓦森文中提出了兩個容易引起爭論的問題。一個是早期西方和蘇聯的考古家認為中國的銅器文明乃來自西方，這一點中國考古家曾堅決否認過。這使我想起數年前加拿大的蒲立本（E. Pulleyblank）教授認為中國的干支與希伯來字母之間有彼此影響的關係，但是在還沒有得出到底是誰影響了誰的結論以前，他就放棄此一設想。因為證據實在不足，今日多數的考古家對這個問題均存而不論。另外一個問題是夏朝的存在問題。在中國實物的發掘也有半個多世紀了，商朝的文物雖不斷地大量發現，奇怪的是真正證明夏朝文化的文物竟一件也不見。很多中國的考古家根據《史記》的記載，認為既然《史記》對商的記載多半可靠，那麼對夏朝的記載便不會完全無稽。我個人的看法則是因為中國後世受周文化的影響最大，周文化的一個主要特點就是托古改制，這是由孔子所繼承了的，焉知周在翦商之後，為了建立周人在商轄域內的合法地位，不會製造出商滅夏的神話出來？如果商可以滅夏，周當然可以翦商，我們只要細查商紂與夏桀之間的類似和周武與商湯之間的類似，就不能說沒有可能一個是另一個的歷史投影。但這只是一種可資選擇的推想而已，一切仍要靠未來發掘出的實物來說話。在尚沒有足以證明夏之存在的實物以前，只好把問題懸疑。瓦森從西方考古家的立場，認為中國考古家具有儒家觀點的偏見，中共的考古家則更加上一層政治教條和行政領導的障礙，求取客觀不易。但所幸考古這一部分，畢竟政治因素不強，而逃過了文化大革命的浩劫，是中共社會科學研究中唯一不曾中斷的一枝。至於來臺的中國考古家，瓦森說他們仍在孤立的研究幾十年前出土的文物，已與世界上其他考古家失去了聯

繫。瓦森沒有提到來臺的老一輩的中國考古家也訓練了幾個在西方考古學界嶄露頭角的後生，比如，耶魯大學的張光直就是一個例子。

　　以翻譯《紅樓夢》而聞名的大衛・霍克斯（David Hawkes）評介了兩部極具野心的翻譯作品。一部是柯乃契（D.R. Knechtges）英譯的《文選》（*Wen Xuan or Selections of Refined Literature*）第一冊，另一部是安娜・畢若（Ann Birrel）翻譯的《玉台新詠》（*New Songs From a Jade Terrace*）。前者只譯了《文選》中的賦，已經長達六百多頁。四十年前，《文選》本已為一位名叫溫則其（Von Zach）的德國學者幾乎全部譯成德文。無奈這位老溫性情乖謬，最最瞧不起所謂的漢學家，跟歐洲的漢學界絕緣，只好把譯文拿來在不見經傳的地方小報上零碎地發表發表，未曾引起世人的注意。直到一九四二乘船失事，大功未竟而死。柯乃契的譯本前有精到的導言，並附有詳盡的註解和漢字，印刷精美，算是一本極富學術性的譯著。書前提贈溫則其，也算是對前輩的一種敬意。不過霍克斯戲謔地說：「但願譯者仍然年富力壯，不然就得有幾個富有才情的孫子才行」。我們知道霍克斯自己也只譯了《紅樓夢》的前八十回，後四十回由他的女婿譯完。至於《玉台新詠》的英譯本，則是一個通俗本子。可惜其中宮體詩譯得稍微過火，不似原文之含蓄有致。霍克斯特別提出中國的怨婦詩多出自男人之手，所以纏綿悱惻的中國女性心理不過只是多情男在一廂情願的假想而已，當不得真也。

　　南北朝一向為中國史家視為亂世，卻是個文風鼎盛的時代。正像南宋之偏安，素為史家所貶，但據史料所載，南宋也是個文化昌盛的時代。歷代史家常以分合做為褒貶的標準，因而掩沒了不少文化發展的真象。

亞非學院蒙文教授查理斯・包頓（Charles R. Bawden）評介了哈佛大學出版的伍曼克利夫斯（Francis Woodman Cleaves）編譯的第一部由蒙文直接譯成英文的《蒙古秘史》（*The Secret History of the Mongols*）。因為在西方懂蒙文的學者太少，以往對古代蒙古帝國的研究多半借用其他語言的媒介，例如中文、俄文、阿拉伯文、波斯文、拉丁文等等，反倒忽略了蒙古文的資料。再說，十九世紀以前，西方也從未聽說過有任何具有歷史價值的蒙文資料存在。直到一八二九年，荷蘭學者史密德（I. J. Schmidt）首次披露了一本附有德譯的蒙文編年史，據說是在一六六二年一位叫做撒岡塞欽（Sagang Sechen）的蒙古貴族所編。二十幾年後，又有另一本題作《黃金要略》（*Altan Tobchi*）的蒙文編年史譯成了俄文。這兩部紀事的缺點，都是編寫的時代太晚，攙雜了太多受佛教影響（約十六世紀）以後的神話，難以顯示當日蒙古帝國之真象。但包頓教授認為《蒙古秘史》卻是一部真正寫於十三世紀初期的作品，紀錄了成吉思汗及其子窩濶台的事蹟。他說原來所用的文字可能是成吉思汗時代官方採用的維吾爾字母。至少應該有一個維吾爾文的抄本在蒙古境內一直流傳到十七世紀中葉。今日所能見到的本子，則是保存在中國的一個蒙文本。但是這個蒙文本並非以蒙文寫成，而是在十四世紀時音譯成為漢字，所以後來不管是蒙古人還是漢人都無法讀通了。如此之故，反倒逃過了後人竄改之禍。中間一定經過了中國學者的研究，因為現存的本子有中文夾註和部分的中文意旨摘要。這個用中文寫成的摘要，在一八六六年時為俄國漢學家巴勒迪斯（Palladius）譯成了俄文。巴氏未能把蒙文本重建起來就死了。這個工作終於在一九三七年由德國的艾瑞克・韓尼策（Erich Haenisch）所完成。一九四〇年他根據重建成的蒙文本譯成德文。這個德文譯本幾乎於一

九四三年毀於二次世界大戰的戰火。戰後這個德譯本得以於一九四八年重新出版。法國的東方學家莫斯達耶（Antoine Mostaert）據此發表了總題為《蒙古祕史拾零》（Sur quelques passages de l'Histoire Secrète des Mongols）一系列的論文，對隱晦之處多有所發揮與彰明。以後陸續地出現了其他文字的譯本。現有的英譯本有兩種：一種就是伍德曼克利夫斯於一九五六年譯成的一部分（上冊已出版，下冊尚待出版中）和澳大利亞人德雷赤維茲（Igor de Rachewiltz）所譯出版於一九八二年的十二章中的前十章。包頓教授認為伍德曼克利夫斯的譯本因採用較古的英文，又多係從蒙文直譯而來，讀起來佶屈聱牙，不知所云。反倒是德雷赤維茲用當代英語翻譯的比較可讀。

據包頓教授的意見，這本書最大的價值是沒有後世蒙古紀事中的神話，把成吉思汗當作一個人平實地紀錄了這一代梟雄的出身和成長，並兼及中古時代一般蒙古人的生活、信仰、宗教等等，是今日瞭解當時這個僻處中亞地帶的游牧民族的社會、政治和軍事組織的第一手不可多得的珍貴資料。例如書中對蒙古人掠妻竊馬的習俗就有相當生動的描寫。後來成為大汗的鐵木真的母親，就是為其父擄掠而得。

蒙古的興起與衰亡到今天仍是人類發展史上的一個謎。蒙古人以一個地處荒寒地帶、文化落後、人口稀少的游牧民族，在數十年間竟然搖撼了整個世界，不但一口氣征服了比蒙古人遠為文明的中國人和俄羅斯人，而且席捲了中東與東歐，直達今日的匈牙利。要不是蒙古人自動撤兵，指顧間整個歐洲都會踐踏在蒙古人的鐵蹄之下。直到今日，西方人談起蒙古人的入侵，仍有談虎色變的餘悸，因而稱之謂「黃禍」。當代西方人內心中對中國人和俄國人的疑懼和顧忌，不能說與中古時代蒙古人這次橫掃亞歐

的事蹟無關。可怪的是蒙古人興起快，衰微得也快，正像一朵曇花，不數十年又銷聲匿跡地萎縮到其所自出的荒寒地區。

今日在蘇聯的控制下苟延殘喘地生存，有誰再會注意到世界上還有蒙古這樣的一個民族、國家和文化呢？前些時在遊歷奧國維也納時，偶然遇到一個蘇聯的旅遊團，其中有好幾個韃靼人和蒙古人，他們見我也是東方面孔就自動跑來跟我談話，聽說我是中國人以後顯得非常親熱。蒙古人在元朝時本把漢人看成下三等，放在色目人之後，今日之親切，正足以說明蒙古人自己也必定體會到與昔日的處境不同了。再說呢，中國人久經五胡亂華之變，到底有多少漢人的身體裏流著蒙古人的血液，也是很難說的。

中國民族正像世界上其他民族一樣，很難說是一個純粹的種族。中國文化也並非沒有受過外來的影響，其內涵相當複雜。當然這只是相對而言。如拿中國文化與世界上其他文化對比，自有其與眾不同的特徵與獨特的發展過程。研究過去文化的脈絡，也不能光靠生硬的事蹟，歷史家還應該依靠一己的直覺去把握一個民族的自然動力才行。這是利茲（Leeds）大學中國文學教授冉明頓（Don Rimmington）在評介法國漢學家謝和耐（Jacques Gernet）先生的巨著《中國文明史》（*A History of Chinese Civilization*），英譯者為（J. R. Foster）時的一句重要的結論。謝氏的《中國文明史》始自石器時代，終至毛澤東之死，是一部內容洪博的巨構。其特出之處是打破以政治視野看中國歷史的積習，不以朝代劃分文明之發展。作者也不同意有些史學家認為中國史停滯不前的觀念（按：黑格爾曾言中國史全無發展，西方有很多史學家受此觀念之影響）。他特別強調了中國過去與其他國家和文化的接觸，所造成的影響是對等的。因此，冉明頓這篇書評又兼評了謝和耐的另一部著作《中國與基督教》（*Chine et*

*Christianisme: Action et réaction*，此書尚無英文譯本）和崔野（E. L. Dreyer）的《明初中國》（*Early Ming China: A Political History 1355-1435*）作為對照與補充。譬如崔野的書中說明一般學者均認為明朝恢復了中國文化制度的正統，特別是儒家以考試為進階的文人政府，但實際上明朝初年承繼了不少蒙古人的制度，政府中的重要職位常為武夫所踞。蒙古文化制度的影響，在中國文化中並未消失。謝和耐在《中國與基督教》一書中認為利瑪竇（Matteo Ricci）以降的到中國的傳教士無不努力把基督教的思想與儒家思想相結合，這種影響是雙方面的。同時傳教士所帶給中國的天文、算術、製圖學等科學的方法和工具，對中國以後的發展發生了更為深遠的影響。

　　謝和耐在《中國與基督教》一書中特別提出了中西思想上的分歧。他認為在中國思想中，心與物是不分的，所以中國思想中沒有「超越的真理」，或「獨立的善性」這種觀念，也就難以想像一個超出人類以外的造物者。中國人的思想傾向於互補（如陰陽交行）與統一（如天人合一）。西方人分立的觀念則素不為中國人所喜。因此到中國的傳教士主張宗教獨立於政治之外，不但引起一般人的疑懼，同時更使當政者視之為異端邪說，非驅逐之不可。中國早期與基督教接觸的經驗，具體而微地表明了中國文化與外界接觸時所遭遇到的困難。謝氏在《中國文明史》一書的結論中認為二十世紀初以來，中國所遭受的精神上的分崩離析和政經發展上的困厄，一方面出於內在的積因，另一方面也來自外來的壓力，以至於形成了與耶穌基督一般釘上十字架的命運。顯然謝氏對中國文明的遭遇抱著深切的同情，因耶穌被釘十字架之後就是死而復生。中國文化會不會死而復生呢？讓我們這些關切中國前途的中外人士都熱切地祝願吧！

二十年前我在巴黎大學進修時，謝和耐先生做過我的論文指導教授。那時他是巴黎大學唯一的漢學教授，後來戴明微先生逝世後謝和耐先生就繼任了戴先生在法蘭西的學院講座教授的位置，以迄於今。我覺得謝和耐先生的思想曾經受過葛蘭耐（Marcel Granet，著有 *Fêtes et chansons de la Chine, Dances et légendes de la Chine ancienne, La Religion des Chinois* 等書）頗大的影響，原以研究宋史及南宋社會著稱，所以治史夾用了現代社會學方法。另一方面也強調史學家不能光靠歷史的事蹟，而更應該把握一個民族的命脈，這表示了他兼容並蓄的精神，可稱十分寬博。

　　十九世紀中葉以後到中國來的傳教士，雖然也遭遇到如早期的傳教士一樣在思想上難與中國人溝通的困阻，可是在傳教上卻比較成功，因為有帝國主義的武力作後盾。正如費正清（John K. Fairbank）在專號的一篇書評中所言，維多利亞的英國做了惡人，打破了中國的門戶，強訂不平等條約，美國人就乘機做好人，到中國來大傳其道了。當時有個叫羅伯茲（Issachar J. Roberts）的美國傳教士來廣州傳教時吸收了一個特異的教徒，是來自廣西省的一個考場失意的年輕人，聲稱為聖靈所充滿，名字叫作洪秀全，就是後來太平軍的領袖。太平軍從廣西起事，到攻破南京建立了太平天國，只用兩年多的時間。哈雷斯（R. Harris）在評介克拉爾克（P. Clarke）和格雷高雷（J. S. Gregory）合編的《西人對太平軍之報導》（*Western Reports on the Taiping*）一書時拿太平軍與中共做了對比。二者的思想精神均來自西方，但都對西方精神沒有真正的認識。開始時也均受到西方人的支持與喝采。起事時都具有清教徒精神，逐漸轉化為爭權奪利的腐化與墮落也非常相似。這些類同點中共自己也承認的，所以才會特別熱心研究太平軍的興起與敗亡，並且舉行了好多次有關太平天國

的國際的及國內的學術會議。

哈雷斯引用了書中在太平軍初期一個西方傳教士的熱情的報導說：「把天生貪生怕死的千萬個支那人聚合在一起，叫他們放棄了抽鴉片，放棄了邪淫與貪婪，毫不畏縮地去送死……我的老天！你就說……」結論是「多麼了不起的道德革命！」這是那時候西方傳教士對中國人和太平軍的印象。可是不久西人對太平軍的報導就變了樣。原來自稱耶穌的兄弟清教徒的洪秀全，做了天王以後，立刻大修宮室，照樣填充了三宮六院的美婦人。這且不說，對人民施行嚴刑峻法，當日的親密戰友一個個地都砍了腦袋。原來神聖的清教徒精神與貪贓腐化、殘暴不仁只隔了薄薄的一層紙，一捅即破，一破就是一家人了。當日為洪秀全施洗的美國傳教士羅伯茲後來榮任了太平天國的皇家顧問。開始時他還說：「這個國家崇拜偶像的邪行總要結束了，難道說這不是上帝定好的時間？」但不旋踵目睹了太平天國眾王爺的所行所為，這位傳教士又報導說：「如今我反對他們正像當日擁護他們一樣強烈！洪秀全只是一個瘋子，不配治理天下！」這本書是瞭解太平天國另一面的一本有益的參考書。缺點是人名音譯非常紊亂，洪秀全一名就有十四種不同的拼法。如對太平天國事蹟不熟悉的人，一定會弄昏了頭。

費正清評介的麥克・亨特（Michael H. Hunt）的《中美在一九一四年前之特殊關係》（*The Making of a Special Relationship: the United States and China to 1914*）一書紀錄了中國另一種與外國交往的經驗。據亨特的考查，美國當日之所以主張中國門戶開放政策，並非是為了挽救中國為列強瓜分之命運，實在是因為美國國內有一大批野心家，包括商人、傳教士和外交家企圖到中國來佈道和做生意。因為美國商人在門戶開放以前已經從販賣鴉片、茶

和絲上撈了大筆的財富，而美國的傳教士在難以招致信徒之餘，就大玩其兩面派手段：一面對中國人宣傳基督教、民主與物質生活進步三位一體的好處，一面則向其本國人宣稱中國文化是如何如何的退化，中國人是如何如何的邪惡。

　　但亨特一書最有意思的對照描寫是在美國大批商人和傳教士流入中國之同時，也有大量的華工從廣州渡海流向美國。在上世紀末期，中國發生了多次排外的暴動，美國也發生了多次排華的暴動。所不同的是在美國排華的暴動中死了大批的華工，中國排外暴動中並未殺死半個美國人。正像當日一位身兼傳教士和外交官的美國人所說：「要是在華的美國人遭受到從一八五五年以來在美華人十分之一的遭遇，美國早就對中國宣戰了！」中美那時雖然訂立了貿易和居留權的互惠條約，但美國的勞工組織仍堅決排華，終於迫使美國移民局關閉了華工赴美的門戶。中國的排外運動雖引起了義和拳之亂。但亂後門戶大開，美國人更可自由出入。

　　傑姆斯・雷德（James Reed）的《一九一一至一九一五年的傳教士思想與美國東亞政策》（*The Missionary Mind and American East Asia Policy, 1911-1915*）可以做為亨特一書的補充。這本書中主要的論點乃說明美國對中國的真正興趣，一者企圖在中國建立基督教文明，二者把中國看成一個可以撈錢的市場。雷德認為這二者都是不現實的，即使說是善意的，也是一種危險的善意。美國這種危險的善意，終於導致了韓戰和越戰兩次對付其企圖幫助的東方人的戰爭。費正清認為中國之所以贏得今日美國人特別關懷的原因，是現代中國人所遭受的痛苦與困厄在人類史上是史無前例的。

　　這次《泰晤士報中國專號》上所發表的幾乎全是傷痛中國命運的文章。英國和其他西方國家雖然也是問題重重，但若與中國

一比，西方人就感到非常滿足與驕傲了，因此這群傾畢生之力從事中國研究的學者們才會有意無意地流露出對中國如此深厚的善心與同情。其中只有一篇比較輕鬆的，就是亞非學院現代中國研究所主任裴凱（Hugh D. R. Baker）博士的一篇有關中國人飯桌上的禮節的文章。我素知裴凱是一位偏嗜中菜的美食家。他在恭維了中國食品之美以後，不免幽了中國人一默。他說若要中國人在食色兩大慾之間選擇，他們會毫不遲疑地「捨色而取食者也」。對中國人餐桌上的禮節，裴博士卻不大恭維。他說中國人可以把骨頭隨便吐在桌布上，呼嚕呼嚕地喝湯，含著滿口的食物說話。中國人又喜歡熱鬧，就是越熱鬧越來勁兒，稍一安靜就受不了了，所以沒有一個中國飯館有消音設備。有些菜是聲色具備，吱啦吱啦地端上桌來。馬路邊上大排檔的熱鍋炒（按：此乃香港之特色），那表演得更加精采，使食客的五種感官俱可滿足。中國人也是個無所不食的民族，舉凡貓、狗、毒蛇、蜥蜴、猴子、穿山甲、麻雀、燕窩、海參、蛆蟲，這些西方人想也不敢想的東西，中國人全可安然地吞下肚去。大概凡脊背朝天的都在納入肚腸之列，是故昔日來華的英國使節，在朝見大清皇帝時不敢趴下磕頭，以免引起誤會被中國人吃下肚去。站著走的，似乎也並不保險。（裴博士教過水滸傳，我想他指的是孫二娘開的黑店。）不但此也，中國人還相信食物可以治病，補腦壯陽之舉時有所見。裴博士幽默的大作，雖然足可使中國人看了臉熱，但句句都是實話，以其人類學家的精密觀察，中國人的種種壞風習都難逃其尊目也。然而中國原本素重吃飯的禮儀，孔子肉切得不夠細都不肯下箸，而且特別告誡弟子要「食不言，寢不語」。看樣子，中國古人應該不至於個個含著滿嘴食物大聲喧譁。但是從什麼時候起中國人如此放肆起來呢？苦於難以考證。

其實西方人飯桌上的規矩，也不過是近百年來的事。羅馬人饕餮的醜態且不去說他，早在中國用了幾個世紀的筷子的時候，英國的先民還在生吞活剝呢！當然我也不能否認現在英國人餐桌上的禮儀要比中國人講究得多了。這大概正像孔子所說的「禮失而求諸野」吧！我趁此機會也算幽了老裴一默。但是我明知我幽的這一默缺乏力量，好漢不該提當年之勇嘛！人家是從野蠻走向文明，我們卻是從文明走向野蠻，奈何！

這以上的文章和書評多半都是關於中國古代和近代的事，一落到現代，又不能不使人傷痛起來。去年剛出版了一本有關中國革命著作的斯賓塞（Jonathan Spencer, *The Gate of Heavenly Peace: The Chinese and Their Revolution 1895-1980*）寫了一篇〈作家的危機〉，先從在獄中割喉自裁的李贄談起，直談到文化大革命的受害者。

作者很沉痛地問了一句：「為什麼中國人就不能寬容一點？」他說西方人不瞭解的是中國素稱是一個文人當政的社會，又很重視教育，再加上本有一個極為豐富的文學藝術的老傳統、老底子，怎麼結果倒楣的受害的總是文人？而且愈來愈烈！不但當政的人對文人肆意迫害，文人對文人也會因嫉生恨，恨不得把自己的同行置之死地而後已。實在令人齒冷！他說十九世紀中國的文學幾乎是一片空白，無能表情，何來創作？十七八世紀雖有幾部好作品，像曹雪芹的《紅樓夢》、蒲松齡的《聊齋誌異》、孔尚任的《桃花扇》等，但如與同時代的歐洲相比，則沒有一種文學形式在中國得到充分的發展。

本世紀初到日本和西方留學的知識分子，本想回國後大有作為一番，奈何可悲的是一回到中國立刻就陷入左右鬥爭的漩渦裏，不是給人扣上紅帽子，就是被人扣上白帽子，好像一個人非左即右，絕不能有其他的道路可走了。有些人最後被逼得非要在

左右兩個陣營中有所選擇不可。這種現象一直延伸到文化大革命，仍然是不屬走資派，必屬四人幫，沒有一個文人可以置身二者之外。不是自己不想或不要置身事外，而是旁人不給這種機會，所以只有硬起心腸閉起眼睛莫名其妙地表態一番。這種現象不但是西方人難以瞭解的，就是稍有幾分理性的中國人也覺得糊塗。難道說中國人的文化心理病真的已經病入膏肓，不可救藥了嗎？

在現代文學的領域內，亞非學院的中國現代文學教授卜立德（D. E. Pollard）評介了魯迅的兩本書。一本是由甄尼爾（W. J. F. Jenner）翻譯的《詩選》，一本是由楊憲益夫婦合譯的《中國小說史略》。卜立德是亞非學院中文部的臺柱子教授，特長是中國現代文學。他先從周作人的散文入手，後對魯迅、張天翼的小說和李健吾的戲劇都作過專注的研究，說得一口流利的中文，是最得人緣的一位學者。因為這兩本書都不是新作，所以卜氏趁機對魯迅做了一次總評。他認為魯迅的小說到現在還是百讀不厭的。如單從某一種文學形式來看魯迅，並不覺得他有什麼過人之處；但若把他的作品做一次總評價時，就會看出他同時代的作家沒有一人可以與之相比了。魯迅除了在新文學的形式上有大貢獻外，同時也是個不肯向人低頭的硬骨頭作者。幸而早死，不然在天無二日的情形下何得倖免？當代年輕一代作者的心情是與魯迅相通的，逃港的作者所出版的傷痕文學的書名《敢有歌吟動地哀》，不就正是魯迅的詩嗎？但魯迅並不是一個完人。卜立德說英國有一句俗話說「偉人多不智」（great men are not always wise），魯迅正是屬於這類的。

在文化大革命期間，偌大一個中國大陸，只剩下了兩個沒被打成黑幫和毒草的作家，一個是魯迅，一個是浩然，這自然是中

國作家的悲哀；到如今西方中文系的現代文學，除了魯迅外，還開不出第二個人的專門課程，這就不但是中國作家的悲哀，而是中國人的悲哀了。在中國大陸，早死的魯迅尚能保住聲名，後死的老舍、茅盾、巴金、曹禺、夏衍、丁玲、趙樹理等等，不但無能創作，在文化大革命中非死即殘。浩然雖然當紅一時，但四人幫一倒，也跟著發了霉。在這種環境中，使人覺得倒還是早早死了的好了！

　　也許中國人正像早期的傳教士所觀察到的，很是貪生怕死，總覺得好死不如賴活著，所以才有不少文人在受盡了屈辱和折磨以後仍然保了一口氣下來。甄尼爾女士也有一篇書評，評介的就是兩個活了下來的女作家，一個是楊絳，一個是丁玲。對楊絳，討論的是她的《幹校六記》（*A Cadre School Life: Six Chapters*，英譯者是Geremic Barmé，但葛浩文好像也譯過這本書）；對丁玲，評論的卻是費維凱（Yi-tsi mei Feuerwerker）著的《丁玲的小說》（*Ding Ling's Fiction: Ideology and Narrative in Modern Chinese Literature*）。這兩個女性代表了兩個極不同的典型。前者雖然在四十年代寫過幾個劇本，但如說她是位作家，不如說是一位學者，跟她的夫婿錢鍾書性情相近。甄尼爾覺得她的《幹校六記》寫得雖平淡，但用意深沉。例如寫她的女婿在錢氏夫婦下放幹校之後，好不容易送去了錢氏的行李，返回大學後不久即自殺。筆下雖是輕描淡寫，沉痛之情卻溢於言外。如說這本書是對迫害者的控訴，倒不如說作者抱著一種無可奈何的心情來接納自己的命運而已。

　　至於丁玲，從三十年代的《莎菲女士的日記》起，已經震驚文壇，但後來經歷坎坷，創作不多。可怪的是雖然丁玲也受盡了誣控、羞辱和勞改的折磨，最近幾年復出以後卻表現了一種「衣

帶漸寬終不悔」的精神，說起話來比四人幫還要四人幫。據說有一次丁玲在某地演講時竟要把穿瘦腿褲的年輕人趕出場去。你就說，這哪是莎菲女士的態度？簡直跟滿清遺老一般無二了。難道又是年齡在作怪？人一老，除了權與勢以外，別的一切價值都看不入目了。甄尼爾在文末對一九七九年以後的年輕作者抱有樂觀的希望。她雖然也明知現在仍有一群滿口史毛語錄的評論家手執大棍虎視眈眈地監視著作家們的言行，她卻認為作家們對表現自我以及忠於一己感受的要求多少已經冒出了一點頭來。我們但願未來的發展不要使甄尼爾的希望落空。

以翻譯中國古典作品和魯迅著作聞名的楊憲益，也寫了一篇文章介紹中國大陸對英國文學研究和翻譯的情形。前兩年楊先生曾到英國參加過一次漢學會議，所以我們有過一面之雅。這位老先生已經七十多歲，白髮蒼蒼，清癯而文靜，臉上常含笑意，給人一種善良安詳的感覺。像這樣的一位文人，所做的工作又是與人無爭的翻譯，竟然也坐過四年的監牢。什麼罪能判四年的徒刑呢？楊先生沒有說，我們也不便問。連也是白髮蒼蒼的英國籍的楊太太，也陪同老伴坐了四年牢！現在終於熬過去了，又可以回娘家了。楊太太大概對中國的感情太深，不管如何折磨，還是認命了，並沒有返英的打算。在這篇文章中，楊先生所舉的中譯英國文學作品都還是上個世紀以前的。至於英國現代的作品和當代的作品，似乎仍是近於一張空白。但很出人意外的，據楊先生說，勞倫斯的作品竟有兩部翻成了中文。另一些英國作家像康拉德（Joseph Conrad）則從未有人翻譯。楊先生說可能是因為中國的讀者覺得書中的人物難懂。但是既然從未翻譯，中國的讀者又何以得知書中的人物難懂呢？另一方面，早期流行一時的福爾摩斯（Sherlock Homes）探案和今日仍在西方當紅的克利斯蒂

（Agatha Christie）的犯罪小說以及科幻小說卻大行其道。此外，像喬治‧奧威爾（G. Orwell）的《動物農莊》和《一九八四年》這類犯忌的諷刺小說，當然中國的讀者也是看不到的。楊憲益說在文革期間，有一位英國訪客不懷好意地告訴他的中文翻譯員說中國離一九八四年已經不遠了。這位可憐的譯員還滿懷高興地謝謝英國訪客的稱許。

　　從文革以來，中國大陸成了一種神祕而滑稽的悲喜劇的舞臺，使中國以外的觀眾看得目瞪口呆。譬如說，高高在上的國家主席轉瞬間成了內奸、叛徒、工賊和國民黨特務。寫進憲法的官定接班人，隔夜又成為篡黨賣國的野心家、大壞蛋，以致死無葬身之地。到今日林彪之死仍是一個謎。為周恩來寫傳記的狄克‧威爾遜（Dick Wilson）也為姚明理的《林彪之死》（*The Conspiracy and Murder of Mao's Heir*，譯文已見五月《中國時報》）寫了一篇書評，主要地認為這本書太像克利斯蒂的推理小說。評者說不管內容是否有幾分真實，作者因此賺了大把鈔票卻是真的。因為當犯罪小說看已經很值得，何況還多少與中國的政治內幕有些瓜葛。在英國新堡（Newcastle）大學教中國政治學的顧德曼（D. S.G. Goodman）博士則為貝恩斯坦（Richard Bernstein）的《來自中土》（*From the Center of the Earth: the Search for the Truth about China*）寫了一篇評論。他開始就說：像中國這樣的一個大國竟對世界經濟毫無貢獻，就這一點已足以引起西方人的注意與興趣。他特別強調了最近幾年西方人對中國看法之轉變。他說一直到一九七六年，西方的漢學家也好，中國觀察者也好，都滿腦子充注了熱烈的理想主義，認為中國終於找到了出路，終於可以從近百年的災難中脫身而出，終於找到了正確的方向，知道自己為什麼而活，不像西方資本主義社會中的人們那麼營營苟苟終

日為自己打算。那時候真是一片熱昏了頭腦的稱頌之聲。只有少數幾個頭腦冷靜的人，像李克曼（Pierre Ryckmans，筆名Simon Leys）者，敢於在眾人諾諾聲中站出來做一士之諤諤。但是好景不常，緊接著四人幫的垮臺，所有過去的幻想忽然間肥皂泡似地失去了踪影，原來過去的一切美麗的幻象不過是一個大騙局。正像曹禺兩年前在倫敦大學一次公開演講中沉痛地說：「你們西方人都知道希特勒統治下的德國是種什麼情況，四人幫治下的中國比納粹時代的德國還有過之而無不及呀！」幾乎所有到國外來的中國知識分子都是如此說。

這一盆盆的冷水把大多數研究中國、關心中國的西方人士熱昏了的頭腦都澆醒了。於是風氣大變，現在大家又都來一窩蜂地揭中國的瘡疤了。貝恩斯坦也是這種從熱而冷的人群中的一員。他自己承認對過去的報導不能不感到臉熱。顧德曼認為《來自中土》一書主要論點雖都有根有據，但其中細節的錯誤不少，使讀者不免對較正確的細節也不十分放心了。同時全書的三分之一限於四川省，是否可以代表全中國大陸也成問題。顧德曼特別不贊同書中「制度可恨，人民可愛」的論調。他覺得盡量誇大人民的可愛也是不實際的，跟過去對制度的天真的理想主義不相上下。

在西方漢學界一片抱愧自責聲中，當然也有些很能勇敢地趕上時代，像新堡大學另一位教授政治學的傑姆斯・考頓（James Cotton）所評的徐中約的大作《現代中國之躍升》（The Rise of Modern China）就是一例。考頓認為這是一本尚無可取代的大學低年級有關現代中國政治、社會和學術史的參考書。但是這本樂觀主義的書本來的結論是：文化大革命在共產黨和毛主席正確的領導下，取得了群眾和領導人的空前的團結，在軍事上又掌握了原子武器，肯定在未來的世界舞臺上要扮演一個重要的角色。現

在第三版的結論卻完全變了樣，變成文化大革命把中國帶到了混亂的邊緣，使無數的中國人無謂地犧牲了生命。但是由於鄧小平正確的政策，粉碎了四人幫，扭轉了大局，四個現代化已經是指日可待了。這兩版的結論雖然是前後矛盾，但作者樂觀的精神卻是始終如一。不過考頓認為作者把四人幫的審判看作是中國進入法制時期的開始，則未免太天真了一些。法制下應該是先審再判，四人幫卻是先判後審的，與法制精神可說恰恰背道而馳，怎麼能因此就可進入法制的時期呢？考頓更進一步認為中共在四個堅持下的作為，仍然使當權在位者掌握了決定誰是叛黨叛國者以及怎樣才算叛黨叛國的種種權力，民主的曙光又何在呢？因為原書的作者也同意在共產黨當權的這三十年中，二十年犯了嚴重的錯誤，十年又招致了空前的災禍，那麼結論中樂觀向上的精神基礎又何在呢？

以上是主要的文章，其他無法逐一細論。

這一次《泰晤士報文學增刊》的中國專號顯示了西方漢學家對中國古代及近代都有相當的瞭解。不過這次總結性的評論所給人的一般印象，卻實在使人有不堪回首的感覺。有些西方研究中國的學者，因為覺得自己過去太過天真，或者說是上了中國人的當，以致做出了錯誤的觀察與結論，現在感到不堪回首。住在大陸的中國人，遭受了十年文革的慘痛教訓，當然也感到不堪回首。今日所有的中國人，包括大陸的、臺灣的、海外的都在內，回首過去中國曾一度燦爛過的歷史文明，同樣地也是不堪回首！但是在這樣痛苦的心情中，雖不堪也不能不回。要想有新的起步，自我反省還是重要的。

當然也有些人愛把過去的光榮當做今日的安慰，認為可以苟生足矣，不必費心勞力去改進。所以有人談到民主，有些中國人

立刻說：「民主我們早就有了！孟子不是說過嗎？民為貴，社稷次之，君為輕。這就是民主的萌芽！」有人談到資本主義，也有些中國人趕緊說：「資本主義我們早就有了！漢代的鹽鐵論就是資本主義的萌芽！」更有人提出種種論文證明明清兩代到處都有資本主義的芽苗。可是光有萌芽，得不到發展，又有何用？到今天幾個在西方大有成就的中國科學家和學者，都是在中國國內萌芽的，但是開花結實卻在外國。那麼中國的土壤難道說只是一個芽床，只適於萌芽，不適於開花結果嗎？

這種問題是不是值得所有的中國人——所有不肯只以過去的光榮為滿足，不肯眼看著中國走向式微而無動於衷的中國人好好地思考思考？

一九八三年六月二十九日於英倫

原載一九八三年九年二十一——二十四日《中國時報·人間》

# 三訪馬克思

　　據說毛澤東生前在接見斯諾時曾提到他死後要去見馬克思的話。唯物主義者不能見上帝，但可以見馬克思，倒也未嘗不是種補救的辦法。但馬克思現在的身分也不是平常人輕易可見的。在毛澤東以前，據說只有寥寥幾個夠身分的人物搶先去見了馬克思。第一個自然是列寧啦！

　　話說列寧心臟剛一停止跳動，靈魂兒就離開了克里姆林宮，駕起一朵紅雲，直奔西土而來。誰知到了英國倫敦，正趕上倫敦的大霧（那時候英國還沒有解決空氣污染的問題），使得列寧東張西望總找不到馬克思安葬的所在。直到第二天霧散以後，才遠遠看到倫敦北城叫做高門（Highgate）的坡地上有一處墳場隱隱有一線紅光直沖斗牛。列寧心中大喜，立刻一個跟頭從雲端裏直跌了下來，正好跌落在馬克思的墳前。馬克思那當兒正躺在墳墓裏閉目養神，列寧急忙趨前施禮曰：「親愛的先知！」

　　馬克思一翻白眼道：「別叫我先知！我要是先知的話，就不該寫共產黨宣言了，免得叫你們這些野心家佔盡了人民大眾的便宜！」

　　「那麼，親愛的導師！」列寧急忙改口說：「我跟您老人家報喜來了。您雖然一向看不起亞細亞的生產方式，也沒有把落後的俄國放在眼裏，可是您老人家沒想到共產主義革命正好發生在最落後的地區！」

「可不是！」馬克思氣哼哼地說：「我正在生悶氣哩，歷史專門跟我過不去！」

「這不算什麼！」列寧奉承地說：「智者千慮，必有一失嘛！您老人家的理想終於在人類的社會中實現了，就應該高興的了！我這次來就是想邀您老人家到莫斯科去定居。您看！」列寧極不安地向周圍瞟了一眼道：「您的左鄰右舍都高舉著十字架，這不是明明向您老人家示威嘛！在莫斯科他們給晚生倒是建了座豪華的府第。依晚生愚見，請您老人家不如跟晚生到莫斯科去同享榮華富貴！」

「不去！」馬克思仍然氣哼哼地說：「聽說革命以後俄國的農民連褲子都穿不上，我去你那兒幹啥？這裏雖然也並不多麼舒服！可是受了我的影響以後，工人組織了工會、組織了工黨，說不定有一天就要進入唐寧街十號主持英國的大政。我才不希罕去你那種落後的地方呢！」列寧碰了一鼻子灰，垂頭喪氣地回莫斯科去了。過了幾十年，輪到史達林來見馬克思。

「親愛的導師！」史達林沒敢再叫先知。「聽說從前列寧同志來約您到莫斯科去定居，您老人家拒絕了。那時候您說俄國是個落後的國家，人民連褲子都穿不上。現在情況可大不相同了。在我的手下，俄國以東吞了中國新疆北部和外蒙、日本的北海四島，西食了東歐的大部分，已經成了世界上領土最大的國家。將來征服世界已經指日可待！您老人家今日如不趁早見機行事，跟我到莫斯科去，將來一旦我們推翻了英國的資本主義政權，您多年來受著資本家的卵翼，還常常接受他們的鮮花！豈不是有出賣工人階級利益之嫌？據晚生之見，導師還是應該早為之圖！」

馬克思繃地一下就彈簧似地從墳墓裏坐了起來，戟指大罵曰：「好啦！你現在倒來威脅起我來啦！你不想想你都做了些什

麼狗屁倒灶的事！當初列寧並沒有安排你做接班人啊！列寧一死，你整這個，害那個，弄得人人自危，個個驚恐。我看你跟那法西斯的希特勒並沒有多大分別！算我瞎了眼！沒有看透人性是這麼可惡的！我最近常常跟佛洛伊德見面談心，這位老兄對人性倒是比我瞭解得更透徹。我勸你還是買本佛洛伊德的大著回去好好看看，你就知道你內心中有多麼黑暗可惡了！」

史達林又碰了一鼻子灰，垂頭喪氣地回俄國去了。又過了幾十年，才輪到毛澤東來見馬克思。

「我說老馬呀！」毛澤東大模大樣地說：「我早就對人說過，一嚥氣，第一個來看的就是你。我想你早就從路透社的報導中知道了這個消息吧？」

馬克思微微睜開眼睛，把來人上下打量了一番，心中暗忖：「此人口氣不小。別人都稱我導師，他倒叫我老馬！」於是也很和氣地道：「請坐！請坐！請教高姓？」

「哎呀！老馬呀！你怎麼連我也不認識呀！我就是那自比秦皇漢武頂瞧不起只懂彎弓射鵰的成吉斯汗的那一位呀！」

「噢！你就是那位親愛的導師，怪不得你稱我老馬呢！你老兄從遙遠的文明古國來此有何貴幹？」

「我嘛！我是特意來約你老人家到北京去納福的。你知道他們為我修了座好宏偉的紀念堂！」

「別說啦！」馬克思嘆了口氣說：「當年史達林來請我去莫斯科，我幸虧沒跟他去，不然他讓人家鞭屍的時候我豈不是也要陪上幾鞭子！我看，你現在印堂發暗，好像運氣也不佳哩！」

「哪裏！哪裏！那是因為他們用了蘇聯進口的防腐劑，我早該告訴他們用美國進口的了！」

馬克思又仔細把毛澤東打量了一番道：「我看還是小心點為

是。鞭屍的滋味不是好受的！」

「不會的！我們中國人是敬老尊上的民族，我們最重的就是慎終追遠，所以不會跟死人算帳！」

「那也未必吧！鞭屍的始作俑者不就是中國人嗎？」

「那時候的中國人還沒有受過孔老夫子的影響，也還沒唸過五經四書呀！」

「可是現在不是聽說你閣下已經把孔老夫子鬥垮鬥臭了嗎？」

「那也不要緊！我們中國人還有一種長處，就是欺軟怕硬。只要我一瞪眼，拿點厲害出來，他們都願意聽我的話，讀我的書，按照我的指示辦事。有的竟說甘願做我的走狗呢！」

「噢！」馬克思沉思有頃道：「我還是不太放心！因為今天甘願做你走狗的人，明天也定會甘願做別人的走狗！我看你還是先別太高興了。你最好回去再仔細研究研究我的唯物辯證法。唯物辯證法裏最重要的一條定律，就是『正生反』，換句話說，就是你們中國人常說的物極必反啦！懂嗎？你老兄行事，據我看，都做得太到家啦！」

原載一九八三年七月四日《聯副》

# 英國人的兩種嘴臉

　　在英國住了好多年了，所接觸的自然幾乎全是英國人，如果蘇格蘭人和愛爾蘭人也可廣義的稱之謂英國人的話。在香港前後數次住過將近一年，也目睹親炙過不少廣義的英國人。在我的觀察中，英國本土的英國人和殖民地的英國人很為不同。英國本土的英國人跟世界上其他族類沒有很大分別，也都具有七情六慾，對中國人的態度沒有什麼特異處。但在香港的英國人就大為不同，個個都像掛了一副特殊的面具，已與七情六慾絕緣。有的作「聖腮」狀，有的作「智者」狀，有的作「維多利亞女皇」狀，有的乾脆就顯示給你他是殖民地的主人，別人都該是他的奴才！

　　為什麼同一種英國人，在老家的時候是一副面孔，到了殖民地又擺出另一副面孔？後來仔細想想這可能跟殖民地當地人的態度有些關係。在老家的時候沒人捧著，不得不平等待人；到了殖民地抬轎子的太多，自然就養成了一種趾高氣揚的嘴臉了。

　　世間的事無不是相對的，有黑夜，才會有白天。人際的關係也是相對的，有奴才，才會有暴君！德國出了個希特勒，不能說跟德國人的被虐心理沒有關係。德國人在五十年代以前為什麼會形成一種被虐的心理？那時候德國的社會風氣正是維多利亞式的，要追求什麼「高尚道德」、「純純的愛情」，野心勃勃地要遏阻人慾的「橫流」。卻沒想到人慾這玩意兒，不准橫流，就要豎流，結果流出一場殺人盈野的大災禍來！

中國大陸也是個極端清教徒的地區，特別以五六十年代為甚。那時候男女關係最是碰不得，一碰就捅了「禮教」的馬蜂窩了！人們在男女關係上加上一個極難聽的動詞，稱之謂「亂搞」男女關係。什麼是亂搞男女關係呢？舉凡男女在無第三者在場時交談、男女同去看一場電影、男女拉一下手被人瞧見，都可以列入傷風敗俗的「亂搞」檔案。結果一場文化大革命也是殺人盈野！這其中是否也有些連帶關係？留給研究心理學的學生去作博士論文吧！

話又說回來啦！香港的英國人的嘴臉和香港中國人的態度一定有相當的關係。在倫敦街頭，經常有英國的男女向我伸手討錢。我賞賜他幾毛小洋，他就鞠躬作揖稱謝而去。在香港卻只有中國人向英國人討錢，沒見英國人向中國人討錢。香港更有些中國人專門向英國人搖尾乞憐，甚至於連靈魂兒都「維多利亞」化了。無怪乎香港的英國人不把中國人放在眼裏。

在倫敦和英國人相處非常容易，因為英國人實際上是一個重理性、有涵養、又很懂幽默的民族。你挖苦他幾句，他絕不會挽袖子揍人，更不會因此把你驅逐出境。可是也有一位英國同事我不敢惹他。每次在他面前無意中開一句伊麗莎白二世的玩笑，或批評一句佘契爾夫人的政見，他老兄立刻就面紅耳赤，恨不得一眼把我一劍穿胸。原來他就是在香港和馬來西亞長大的，他老子曾一度是被中國人抬過的殖民官！

原載一九八三年四月二十九日《中國時報．人間》

# 政治家的形象

　　過去看慣了東方政治家一本正經不苟言笑的樣貌，驟然碰到西方政治家的嬉皮模樣，叫我們這些來西天取經的老古董真是感到手足無措。碰到西方的大官，本想立刻趴下磕頭，口喊青天大老爺，誰知他一把拉住你的手猛搖晃。不要說磕頭了，連躬也鞠不下去。

　　英國的政治家在西方是屬於嚴肅的一類，無奈他嚴肅，別人不跟他嚴肅。佘契爾夫人大選前老穿黑衣服，不知是否表示替福克蘭島的陣亡將士服喪，藉以多爭取兩張選票？然而BBC國家電視臺卻偏偏讓她穿花衣服，不但讓她穿花衣服，最後還要讓她老人家一頭鑽進漩渦水池裏，拿一個大頂，只露出兩條光裸裸的玉腿在水面上掙扎。這當然是用替身代演的，若讓她老人家自演，保險公司恐怕不幹！

　　英國的皇室也是眾人開玩笑的對象，不過不能像對首相這麼不客氣，最多只能讓女皇露露玉背、抓抓鼻子、搔搔耳朵什麼的。英國人所以這麼喜歡伊莉莎白二世，看來主要是因為這個女皇好脾氣，對半夜爬進她臥房的野男人，她也好言好語地對待，沒出半句惡聲，事後還要替他講情。你看這樣的政治領導，怎能不可愛？西方人是比較愛可愛的人，不像我們東方人偏愛不可愛的人。我們常常故意選最不可愛的來愛，我們最敬愛的×××就是一例。

我以前也是專檢不可愛的政治領導來愛，所以我不太喜歡加拿大的不倒翁總理杜魯多。前些年大家都管他叫「撲來寶」（Playboy），就是我們中國人所謂的花花公子，因為他總愛在衣襟上插一朵花，走路蹦蹦跳跳，又愛親漂亮女人的臉蛋兒。在我這個老古董看來，真不像一個一國之主。但是後來看看他行事做人都循規蹈矩，倒也沒聽說幹那些攙沙子、挖牆角的鬼事兒。頭腦也很清楚，至少沒去鼓勵加拿大人每家生五個孩子，或是把每家的刀叉裝進電爐裏去煉鋼什麼的。因此反覺得他比那一臉「聖腮」像的克拉克可愛多了。難怪加拿大人都投他的票。

　　前些日子在電視上看到美國總統雷根在接待英國女王時穿了一身牛仔裝。要是早幾年，我一定要把他批評幾句。現在算是看開了。雷根本就是牛仔嘛！為什麼老了做了總統就該忘本？牛仔、戲子，都可以做總統，這在我們老古董的腦子裏有點想不通。可是我們的和尚叫化子也做過皇帝呢！差別只是在東方做了皇帝的和尚，就不愛人家再提禿驢了！

　　　　　　原載一九八三年八月《南北極》月刊第一五九期

# 甘地在英國

　　理查・艾登布如（Richard Attenborough）導演的《甘地傳》
在英美影視學院先後獲得多項大獎，包括去年度的最佳影片、最
佳導演、最佳男主角等獎。此片在英美兩國公演後本來就轟動一
時，看樣子今後的票房紀錄是有增無減了。

　　人人皆知甘地是印度的反英英雄。影片中甚多甘地先生對英
國人激昂慷慨地痛詆和冷諷熱語地嘲罵，對維多利亞式英國人陰
險虛偽的嘴臉也有相當淋漓的描繪。並再現了英軍對印度人一次
歷史性的大屠殺，包括婦孺在內，在一個封閉的庭院中槍殺了一
千五百多人。所以有的英報批評此片為一部反英作品。但是對這
樣的一部影片，大多數英國人竟然全心傾倒！也許有人以為當代
的英國人都患上了自虐狂，其實這正是英國人的厲害之處，該打
的嘴巴，與其讓別人來打，不如自己先打了！

　　這種自打嘴巴的鍛鍊，當然非自《甘地》一片開始，而是
英國一百多年來的傳統。在議會中議員們彼此攻訐、互揭瘡疤，
自然早就算不了一回事，對政府、皇家、首相以及各種政治和社
會現象的公開批評卻因海德公園中民主廣場裏的民眾百無禁忌的
狂言亂語而成為一種習以為常的日課。因此對大眾娛樂的戲劇與
電影的檢查尺度相當的寬大。例如六十年代約翰・阿爾登（John
Arden）的《穆斯格雷福軍曹之舞》，就是一齣英國人自刑式的
戲劇。這齣戲的主要內容在描寫一個英軍的軍曹目擊英國殖民者

在殖民地濫殺無辜之後，回到英國為了主持正義密謀屠殺英國一個市鎮的居民來為殖民地的受害者復仇。英國人對此劇的評價很高。又如前年轟動一時的《羅馬人在英國》，是替北愛爾蘭反政府軍塗脂抹粉的一齣戲。北愛爾蘭反政府軍雖為非法的暴力組織，到處丟炸彈，甚為英人所痛恨，這齣戲卻並未因此遭到禁演，也未因戲中的裸體登臺成為禁演的藉口。在英國似乎無事不可公開討論，因而也就減少了一些陰謀與陽謀，使現代的英國人在盡情地自我批評之後自覺是一個光明正大，抓到客觀真理的民族，也就益發地產生了「自反而直雖千萬人吾往矣」的勇氣。

對照之下，我們大漢民族就不免顯得有些心虛氣弱了。在歷史上我們犯的錯誤也不算少，可是自打嘴巴的事則甚為罕見。當然也並不是說中國人不會自打嘴巴，那得碰到比自己更厲害的才行，譬如馮友蘭、郭沫若等在毛澤東面前也狠狠地打過自己的嘴巴。但論到自發自省式的自打嘴巴，魯迅的《阿Q正傳》可說是空前的一次。因此，使有些中國人很為此氣惱，也使另一些中國人以此自豪。居然也敢於在鏡子裏瞟一眼自己的醜樣了，你說勇氣該有多大吧！有些人遂樂觀地以為中國人從此將革心改面矣。誰知不旋踵又心裏想道：「還是被兒子來打好些，反正這個世界是不像樣的！」

在臺灣幸好還有一位柏楊時常逼我們照一照鏡子，在大陸，雖然大捧魯迅，諷刺性的雜文卻成了禁域，也難怪眾人只好去做歌德派了！

原載一九八三年八月三十一日《中國時報・人間》

# 〈附錄〉甘地與英國

林俊義

　　《甘地》在臺中上演期間，一次集會，一對英國夫婦拿著一本英國在印度殖民歷史的小說又興奮又驕傲地向大家說：「你看，《甘地》影片中的人物、情節和外景與真人真事多像呀！偉大的葬禮場面、圍繞在甘地的每一個印度要人、戴爾將軍和槍手等。」大家傳著看書上的圖片時，有一位老美感慨地說：「也只能在英國的統治下，甘地的偉大才能顯露出來。換個政府，甘地早就埋在歷史的陳土下，頂多是一無名小卒。」在座各位個個頷首同意，包括本人在內。

　　前些日子出國一趟，回來後翻了暑期舊報，拜讀時報「東西看」專欄牧者先生〈甘地在英國〉的大作。文中指出《甘地》一片中「甚多甘地先生對英國人激昂慷慨地痛詆和冷諷熱語的嘲罵，對維多利亞式英國人陰險虛偽的嘴臉也有相當淋漓的描繪。並再現了英軍對印度人一次歷史性的大屠殺，包括婦孺在內，在一個封閉的庭院中槍殺了一千五百多人。所以有的英報批評此片為一部反英作品。但是對這樣的一部影片，大多數英國人竟然全心傾倒！也許有人以為當代的英國人都患上了自虐狂，其實這正是英國人的厲害之處，該打的嘴巴，與其讓別人來打，不如自己先打了！」看完了後，我突然腦海裏興起了另一個思潮，想在此試圖表達出來。

　　我初看《甘地》，內心著實也有像那位老美和牧者的感受。

走出電影院後，似乎情不禁地肯定英國民主傳統的偉大；像牧者先生一樣，也對英人自嘲自諷的能力寄以無限的仰慕，並感嘆我們大漢民族說不得的惡習。對熟知甘地一生從事殖民解放運動的人，影片只是一些著名片段事件的接合，毫無分析當時印度爭取解放運動的重要爭端與曲折，因而使甘地看起來像耶穌基督一樣的偉大。對不知甘地一生的人，影片能夠激起他們反抗不公不義的道德勇氣，再度肯定人的道德精神的可貴與偉大。特別在第三世界中，人民遭受各種政治、經濟和文化的壓迫，《甘地》一片確有提升勇氣、指出有力的努力方向和開啟一絲未來的希望。

但稍經冷靜的思考和回顧覆按整個英國在印度的殖民歷史，我不禁對英人導演理查・艾登布如的動機有所懷疑。雖然甘地是影片的主角，從頭到尾，他偉大崇高的人格的確牢牢的緊扣住每一位觀眾的心弦，但《甘地》一片的最大勝利者恐怕是英國、英人、英國文化或英國殖民政策吧！換句話說，看完了電影後，觀眾都會對英國肅然起敬，如同在集會中的老美、牧者先生和本人在內，並在潛意識或在意識下對英國的殖民政策的殘酷制度忘得一乾二淨，或認為尚可原諒。這就是導演艾登布如高明厲害的地方。宣揚了甘地，同時也洗刷了英國殖民的犯罪行為，並給英國的殖民政策贏得了不少掌聲，而得到了歷史的默許。

導演完全忽略了甘地為人的強點（只有罵太太的一次）及避免任何影響到他聲譽的爭端，使我們毫不思索地認為甘地是一位絕對的聖人。甘地不但神聖，而且聰明伶俐，把英國人搞得團團轉。甘地在片中巧妙地操縱英國人，使英國人處於被動的防衛地位，不知如何對付他。導演就以此微妙的手法勾起觀眾對英國人的同情心。因此，從戲院走出來時，我們都忘記了誰是甘地的真正敵人。不像《失蹤》一片，我們都清楚地知道誰是敵人。《甘

地》一片中找不到敵人；一切的悲劇都是因人的愚昧而產生，與英人或制度無關。就拿片中最慘絕人寰的加利瓦拉巴大屠殺的事件為例。導演的手段使英國的帝國政策和英人變成了旁觀者而非直接的參與促動者。在大屠殺結束後，我們馬上看到英國政府調查戴爾將軍的一幕。調查委員個個表示極度的震驚、憤怒和困惑，個個無法相信竟有人會做出如此慘絕人寰的屠殺事件，而把罪狀轉移到戴爾將軍一人及其人性墮落的一面，使實際應負責的英國殖民政府變成與印度人站在一起的伸冤者，當戴爾將軍受審的一幕結束後，觀眾都毫無疑問地認定正義得到了伸張，英國的正義終會把戴爾將軍繩以應得之罪。覆按史實卻大謬不然，戴爾將軍被宣判無罪（漢特調查委員會認為戴爾將軍只是「過度的嚴厲」而已）。英國的議會還一致投票通過給戴爾將軍一筆可觀的退休金，以報酬他對大英帝國所作的貢獻呢！

在印度教徒與回教徒分裂的過程及以後彼此殘殺的情節，觀眾幾乎看不到一個英國人的影子。在整個影片中，觀眾根本無法知道印度教徒與回教徒分裂是英國殖民政策「分化和征服」成功的結果；英國政府是如何用盡詭計以阻礙印度教徒與回教徒的團結運動。觀眾所看到的只是英國官員變成了仁慈的仲裁者。在後半段的印度分裂悲劇的處理中，導演以魔術般的手法一揮，把英國人的責任拋到九霄雲外，留下來的只是讓人驚嚇的印度人（印度教徒及回教徒）的野蠻與殘暴，和留在心中的按語：「沒有在英國統治下才會發生的悲劇」。

觀眾在《甘地》中看到的英國軍官和官員個個斯文講理，甚至他們都很不情願地執行大英帝國的殖民任務，使觀眾對英國官員執行任務的艱難與委屈，產生由衷的同情。為公平起見，在英國殖民期間，斯文講理，眼見殖民的慘狀而不太情願執行任務的

官員必有人在。但我們不要忘掉像戴爾將軍之類的一定是一籮筐一大堆，毫無人性地殘害政治犯的事件歷歷可數。大英帝國（包括東印度公司）能夠統治印度達一百五十年之久，而不訴諸不公不義和恐怖的手段，是很難令人相信的。《甘地》如能在福克蘭島戰爭以前發行的話，甘地的名言：「以牙還牙只能使世界盲目」，怕也阻擋不住英國政府的攻擊吧！

　　艾登布如一再強調《甘地》一片不是歷史影片。可能是導演缺乏歷史的觀念，他沒有把南非種族歧視的問題與甘地的殖民解放運動連在一起。這也就是為什麼他毫無考慮地接受參加南非《甘地》首映的典禮。雖然後來受到多方的抗議而取消，但也可以說明導演的心態。南非政府鼓勵黑人觀賞《甘地》，我想其目的不外是要向黑人灌輸甘地的非暴力主義，以譴責黑人武裝解放運動組織的不是。

　　導演（或製片）的動機與其是要宣揚甘地（特別在今天，的確是值得宣揚的）不如說是要利用甘地來洗刷大英帝國殖民政策的污點，並給殖民的歷史披上一層美麗的外衣；正如同日本以「進出」取代「侵略」來竄改歷史，手法卻高超幾千倍而有餘。可怕的是這類洗刷帝國主義或殖民政策的目的慢慢達到後，世人將無法從歷史中得到教訓，誰也不敢說歷史將不會再度重演。這也是我們中國人為什麼必須對日人以文字竄改歷史的做法抗議到底。日人竄改歷史的手段笨拙與粗俗，如果能拍出一部像《甘地》一片的侵華「進出」歷史的影片，觀眾也很可能大加心服。這一代和下一代的日人和英人將為過去帝國主義史而驕傲，更自以為是。軍國主義的抬頭或改裝的帝國主義也會理直氣壯地接踵而至。我們實在不能不小心。

艾登布如確是一位不凡的導演，其技巧與佈局都是一流的。可能我想的太多、太不厚道了，才有這麼多的揣測，還請讀者原諒。

　　　　　　原載一九八三年十月二十九日《中國時報‧人間》

# 批評與自我批評

　　林俊義先生針對拙作〈甘地在英國〉所寫的〈甘地與英國〉，對拙作是一種有益的補充，因為拙作所採取的視點不同，以致只寫出了《甘地》在英國的一面，而未顧及到該影片對世界其他各國的影響。不過這兩種視點卻不可混為一談，一個是從一個既定的國家或文化來看問題，另一個是站在第三者的立場來看問題。就《甘地》一片而論，英國和印度是當事人，中國則是旁觀者，因此英印兩國對《甘地》一片的態度自與旁觀者所採取的態度不同。

　　拙作主要的乃借英國觀眾對《甘地》一片的反應揭示出英國人自我批評的精神。《甘地》一片對世界各地實質上的影響，在計劃拍攝時並無法預料。如果英國人欠缺自我批判的精神，根本就不可能出資拍攝這樣的影片，也不可能給予導演自由詮釋的權力。現在《甘地》一片在世界各地放映時，確是對英國帶來了較好的影響，使人覺得英國人敢於揭露自己的瘡疤，有涵養、有勇氣，因而忽略了英國人殖民時代的罪惡行為。但這也只是影片一方面的影響，另一方面也不能說全不曾喚醒弱小民族受外族侵略的痛苦感。至少那些遺忘了英軍大屠殺的觀眾，或是根本不知道有此事發生的年輕觀眾，看了此片之後又記起或者發現英軍這一次歷史的罪行。後一種影響對英國自己年輕的一代特別強烈，他們只看到了祖先的犯罪行為，反而忽略了導演精心安排的自我辯

護。因此，《甘地》一片的影響，除了因人而異以外，在其他各國和當事人的英國放映時所產生的反應就很為不同了。

　　一般而論，人皆不欲面對自己的缺點，更不願揭示自己的過失，正如柏楊所說的「聞過則怒」。但英國人的長處，卻的確是在某種程度上克服了人類這一個通常的缺陷。批評和自我批評在英國的社會、文化以及政治生活中是司空見慣的，《甘地》一片並不是一種偶然的特例。譬如在海德公園中，不但英國自己人可以肆無忌憚地放言，連外國僑民也可以公然攻擊英國的政策和大罵英國人。這種現象我還沒有在其他任何歐美國家中見過。有些地區也強調批評和自我批評，但是施行的方式卻不及英國人的實際而有效。譬如拿中共時常運用的「自我批評」和英國人自我批評來比較，就可以看出其間的差異。中共的自我批評不但流為一種形式，難以發揮實質的效益，而且多半成為一種排除異己或懲罰異己的工具。在毛當權時，鄧就得做自我批評；鄧當權後，做自我批評的就該是華國鋒和四人幫了。被批評的都是異己，主體則未動絲毫。做自我批評的人認為表面上是一種作偽過關的手段，內心感到刺心的屈侮；真正該受批評的卻自以為絕對正確，無他人置喙之餘地。

　　英國人自我批評的精神，在心理上講，大概跟基督教的告誡與懺悔有些關係，含有卸罪的意味。但更重要的則應該看作是人類政治史上的躍升，也就是說在政治的藝術上（如果可以稱政治為一種藝術的話），英國人早就懂得運用敵對的力量，辯證地化反為合，使其成為促生本體機能的一種有力的激素。這就是為什麼英國在政治上是首先確認反對派或敵對勢力可以增進主體健全性的國家。此一超越性的變革，不但避免了政爭中千百人頭落地的悲劇，保障了失敗者生存的權利，而且使真正賢能之士有登台

用武的機會。此一在人類史上的大躍進，終於帶動了歐美其他國家，形成了現代民主政治體制。

以福克蘭島之戰而論，在戰爭前及戰爭中，在英國國內均不乏反對之聲，但當政的人竟能化反對之聲為一種同仇敵愾的力量，這就不能不說是一種高度的政治藝術的運用了。因為反對與批評，等於是把問題提出來反覆辯難，更能使理性發揮力量，然後「自視而直」，自然更容易產生「雖千萬人吾往矣」的勇氣。這種批評的精神跟英軍做起戰來特別驍勇，定有些必然的關係。

但是自我批評從何來呢？開始乃來自他人的批評也。就個人而言，先有容忍他人批評的雅量，然後才會產生真正的自我批評。就一國家或集體而言呢，多方面的他人批評匯集到一起，自然就是集體的自我批評了。

原載一九八三年十一月六日《中國時報・人間》

# 談「英為中用」

我們常聽到「中學為體，西學為用」或「古為今用」什麼的。其實這都不過是紙上談兵，真正運用到實際生活中來的卻是「英為中用」。什麼是「英為中用」呢？就是中國人說了半嘴英文也。為什麼只有半嘴，或三分之一、四分之一嘴，而非一嘴？這就足以說明的確是「英為中用」，而非「英為英用」或「中為英用」了。

今日說半嘴英文的人很多，在國外住久的歸國華僑，中文已不足表情達意，只好用半嘴英文來幫襯。在國內學習英文的年輕學生，為了加強語文訓練，盡量找機會把學來的英文單字兒、片語兒什麼的夾插在談話中。在洋公司做事的買辦，英文沒學好，中文不管用，只好說半嘴英文。教英文的中國教授，為了顯示自己的博學，也常傲然地嘟嚕那麼一嘟嚕。這許多情形都是很容易使人瞭解的，但是也有些情況不是那麼使人瞭解的。

有一次我在臺北的公共汽車上偶然聽到兩位乘客交談，有一位自稱是在某學校教歷史的老師，但每逢說到歷史兩字均代以history，使我很不瞭解何以history比「歷史」兩字更易於出口？另外一次碰到一位記者先生們所稱的「名作家」，也說了半嘴英文。起初我環顧左右看看我身邊有沒有美國人（所以說美國人者，西方人在中國人眼中一概皆是美國人也）。沒看見美國人，那話一定是對我說的了，大概是怕我不懂中文。所以我趕緊說：

「我懂中文！」名作家翻我一個白眼，訕訕地走開了。我不明白的是文章寫得滿通順的人，怎麼反不會說話呢？

後來想一想，大概是我們中國的學校只教學生寫，不教學生說。而且通常的情形下，只有大人說的，沒有孩子說的；只有老師說的，沒有學生說的。說話的能力反倒是學了英文或到了國外才開始長進，久而久之我們自然只好用半嘴英文來交談了。

原載一九八三年十一月十一日《中國時報‧人間》

# 英雄與犯罪

　　六個從福克蘭島歸來的英軍戰鬥英雄因強姦罪而鋃鐺入獄，分別判處了六個月至五年的徒刑，本來英雄的形象竟變作了罪犯的嘴臉！

　　這足見人的心理和行為是向多方面發展的，不能因為一方面的行為受到社會的表揚，就足以保證他方面的行為不會超越公眾的規矩。一個性無能者大概不會犯姦淫，但卻可能去殺人。攔街的劫犯也很可能更有勇氣跳下河去拯救將要溺斃的人。如果我們肯細心觀察調查，也不難發現腰纏萬貫的人不一定不會見財起意，道德學問高深的大學教授也可能捲入桃色案件。這種種實際存在的現象常為我們傳統積習的單軌思想忽略過去。

　　所謂單軌思想者，即是把人依照成俗的規範予以分類。最簡單的分類方式是分成好壞兩種，就像傳統小說和電影中所出現的人物一樣，好人的所言所行，無不合乎道德標準，壞人則一無是處。比較複雜的分類，則可以把人分成聖人、賢者、君子、小人，或上智、庸人、下愚等等。這許多簡單而天真的分類方式是我們祖先發明了傳習下來做為我們分析社會與人性的依據的，也可以說是古代的樸素社會學與心理學的理論基礎。今日我們大學中學社會學和心理學的學生雖然不再學習這樣的理論，卻不妨礙這樣的理論仍然充塞在一般人的頭腦中做為認識社會現象和人類行為的最方便的依據。譬如有一位單軌思想的老兄拜託他的好友

到國外好好照料他的寶貝女兒，豈料這位朋友照料得太好了，一年後竟從盟兄變成了女婿，把個老朋友氣得直瞪白眼。這能怪誰呢？怪自己頭腦太單純？還是怪祖先的理論不科學？

從傳統的單軌思想出發，遇到英雄兼罪犯的這種現象，不免乾瞪眼，只好祭出那句傳統的老話來：「真是人心不古，世風日下啊！」世風真會日下嗎？當然不會！並不是古人的行為與今人有多大不同，而不過是因為古人較簡單的頭腦還發現不了自己的心理和行為竟如此的複雜而已！

用古人的理論寫的小說、編的電視連續劇，我們覺得幼稚可笑，倒還不傷大雅；要是活在現代的人，在日常生活中去運用古人的理論做為判斷或決策的基礎，那就像上舉的那位老兄自找麻煩了！

原載一九八三年九月十日《中國時報·人間》

# 對待生命的態度

　　今年已經七十五歲的兩個英國老太太在一九三六年的時候，兩人因為同時生產的關係住在同一間產婦的病房裏。兩人所產均為女嬰，誰知出院時竟陰錯陽差地抱錯了孩子。

　　我們都知道出生的嬰兒都非常相似，最少要兩三個月以後才會漸漸地顯露出各別的特徵，所以當日的差誤很可能出於護士一時的疏忽，而做母親的也沒有辨認出來。於是出院時甲太太抱了乙太太的嬰兒愉快地返家，乙太太抱了甲太太的嬰兒滿意地回府。幸好兩個人因為有一度同室共處之誼而保持了聯繫。過了一兩年以後，甲太太發現她的女兒長得有點像乙太太，乙太太也發現她的女兒長得有點像甲太太，而且這種相似隨著年月的增長越來越明顯。於是甲乙兩位太太相約到原來的產院做一次調查。當然根據紀錄並沒有差誤，若有差誤也是紀錄上沒有的。雖說從紀錄上查不出所以然來，兩位太太心裏卻有數，知道是彼此抱錯了孩子。錯已鑄成，在這種情形下可該怎麼辦呢？

　　去控告產院的疏忽？向法院申請更正出身證明？把孩子交換回來養？這樣就會解決了問題嗎？事實上並不如此簡單。如果有確實的證明根據，按照法律手續是可以向法院申請更正，但換回一個陌生的孩子，原來跟另一個孩子的母女之情又該如何處理？孩子又如何去適應一個陌生的母親？

在仔細考慮下，兩位母親決定將錯就錯，決心扶養起別人的孩子，同時兩個家庭經常保持聯繫，以便可以時常看到自己的孩子。今日這兩個抱錯的孩子都已經四十多歲了，生活非常正常。兩人都覺得好像有兩個母親，而且多了一個姊妹一樣，可以說是以皆大歡喜收場了。

但是這樣的情形，也不是不能造成悲劇的。譬如說其中有一位母親無法愛別人的孩子，又譬如說當日有一位母親執意要換回自己的孩子，那結果很可能不堪設想。

父母與子女的關係有兩種：一種是生的關係，一種是養的關係。但到底何者為重？一直是法律與人情上都難以解決的問題。

讀者們，如果你們遇到這種問題，如何來處理解決呢？

　　　　原載一九八三年十一月二十九日《中國時報·人間》

# 實利主義與面子問題

人們常說：「英國人是實利主義者，只要你不讓他破費，吐他一臉吐沫都無所謂！」

這是種太過表面的觀察。其實英國人的實利主義，不過是守法習慣的另一表現而已！

何以言之？英國人常覺得該拿的必拿，不該拿的就不拿。因此如不該讓他掏腰包的，就是吐他一臉吐沫也沒用。我常想：當日八國聯軍攻入北京之前，如不是老佛爺硬發動義和團燒教堂、殺洋人，給洋人造成了出兵的藉口，其結果是否如歷史上已發生的那樣悲慘呢？也許有人說：「帝國主義要侵略你，藉口還不易找嗎？」這話說的不差！有些歷史事件是蓄謀已久，只待借端而發，但也有些歷史事件卻實在因為愚昧無知而造成。如果決策的人較有清醒的頭腦，明智的對策，很多悲劇是可以避免的。不要忘了，帝國主義者也是人，他也有他的理性與邏輯。如果不相信人是理性與邏輯的動物，其他一切都免談！

譬如說香港前途的問題，英首相的思想老是在條約上打轉，中共的領導人首先考慮的卻是「面子問題」。不收回殖民地，太丟臉啦！不平等條約是國人的瘡疤，揭不得！英國婆子居然敢揭中國人的瘡疤，得給她點顏色看看。香港算什麼？不過幾百萬人的生命財產而已！一場文革死的人就已比香港多了，賠上一個香港，至多不過又一次文革而已，算不了什麼！

倒霉的自然是香港的居民，可說是耗子鎖進風箱裏，兩頭受氣！本來嘛，大家都是中國人，一旦脫離英國殖民者的統治，本應該算是一件大喜事，現在反而愁眉苦臉起來，你說怪也不怪？

英國這個做後娘的，看準了香港居民這種心理，可說是有恃而無恐。大不了捲舖蓋回家！反正大英帝國的地盤快丟光了，多丟這麼一點也算不了什麼。

中共這個以親娘自居的，表現得越親熱，孩子越害怕，越要往後退。中共現在為了面子，不得不大叫：收回！收回！但香港的居民若決心不肯回，也是無可奈何的事。親娘嘛，總不能因此把親生的兒女都宰了。所以到了最後，可能越要面子，越沒有面子！

英國人總有一天看穿了中國人這種要面子的心理，一定心中暗喜，因為雙方的利益並不衝突，要面子的給面子，要實利的得實利，豈不皆大歡喜？

香港人其實不必過慮，天下難的事是如何擺脫異族的統治。現在既一心渴望做別人的順民，願望焉有達不成之理！

原載一九八三年六月《南北極》一五七期

# 英國的大選

　　英國的大選結果，已經分曉，佘契爾夫人大獲全勝。競選期間保守黨雖然每天在民意測驗上均遙遙領先，但也被四面八方射來的明槍冷箭弄得焦頭爛額。特別是鐵娘子佘契爾夫人遭受的攻擊最大。工黨的副黨揆連福克蘭島之戰也拿來做為攻擊鐵娘子的藉口，說她拿英阿兩國的人命來堆積自己的血腥的政治資本。

　　但佘契爾最受非議之處，是個性太強，作風跋扈，與工黨黨揆麥克·富特之個性太弱正成顯明之對比。但佘契爾以一介女流，在大男人主義的社會中脫穎而出，如沒有幾分個性，如何辦得到呢？問題只是今日的選民太難伺候，個性稍弱的，嫌你不頂事兒；個性稍強的，又嫌你專斷跋扈。做到不強不弱恰到好處，可真不容易！

　　據我側面觀察，一般知識分子多半不投保守黨的票。知識分子多同情弱者，不投工黨，就投自由黨和社會民主黨的聯合陣線。反倒是工農階級和一大部分資本家是保守黨的重要支柱。這也不難瞭解，知識分子除了同情弱者的特點外，也是社會中最不安於現狀、喜歡變天的一部分人，保守黨頂了個保守之名，不管作風多麼激進，也不會討得知識界的歡心。大資本家和工農大眾，則多為安分守成的分子，就害怕換一個政黨在政策上大事更張。特別是工黨已經叫出了要退出歐洲共同市場、要驅逐美國核

子基地、主張單方面裁減核武器，又要放寬英國的移民政策，這許多都是使安分保守的人士心情不安的原因。

英國大選中三方面的勢力每天都在直接間接地較量。四黨的黨揆每天都在到處奔走、演講、辯論、答覆問題、招待記者，每天也都有上電視的機會，個個無不施出渾身解數，來討選民的歡心，倒是選民們可以蹺著二郎腿坐在自家客廳裏隨便地品頭論腳；今天看這個走路不順眼，明天罵那個說話太傲慢，好像手中掌握的這一票足以置人於死地一般。

為了要住進唐寧街十號，這些野心勃勃的政治家們，不得不向選民們低聲下氣。就是一旦當選，也只能戰戰兢兢，因為除了選民以外，還有個反對黨在虎視耽耽地監視著你，專門等機會找你的碴兒，怪不得專制的政客不喜歡民主這種制度。在民主社會中吃政治這行飯真不是好玩兒的；好玩兒的只有人民大眾，是當真覺得自己做了老爺了！但真正有勇氣的政治家，恐怕只有在民主制度中贏得的勝利，才會有自足的成就感，才會覺得沒有白活一生！

原載一九八三年六月十六日《中國時報‧人間》

# 選民三型

　　這次英國的大選，選民參與的情形相當熱烈。在統計選票的那一夜裏，不用說佘契爾夫人、富特先生、斯提勒先生等等身與其事的競選者夜不成眠，在選民中竟也有痛飲達旦靜候早已可預料的大選結果的。凌晨保守黨大獲全勝的消息一出，雖未有鞭炮四起，但大呼小叫之聲則時有所聞。

　　根據大選的結果，可知擁護保守黨的選民佔比較多數。但若因此即認為投保守黨票的選民都擁護保守黨的政策，那就未免太天真了。如進一步認為今日擁護保守黨的選民，五年後仍然擁護保守黨，那更是看錯了選民投票的行為規範。如果選民的投票行為可以如此簡單地確定，那麼所有的政黨只要發表施政的宣言就夠了，大可不必使出渾身解數來拉票競選。競選的人之所以需要研究選民的心理，正因為投票人的心理很難捉摸。

　　粗略分析起來，投票的選民不外三種類型。第一類我們可以稱之為「堅決主張」型。這一類的選民平時很注意各政黨的言論和政策，早已心有所屬，因此投起票來絕不遲疑，堅決而篤定地圈選自己心目中的政黨。對這一類的選民臨時拉票絕無用處，唯一贏得這類選民擁戴的方法全靠政黨平時的施政方針和當政者的言行作風是否投其所好。但是每一個政黨都有些獨特的理論與政策，你如果贏得一部分人的歡迎，勢必遭到另一部分人的反對。所以在一個自由民主的社會中，贏得人民百分之百的擁護，在理

論上絕無可能，如不動用某種陰謀或暴力，取得百分之六十以上的選票的可能性也甚微。在兩黨競選中最佳的期望是贏得百分之五十一的選票。如果是多黨競選，當然獲勝的比率無須如此之高。這其中主要的力量即靠「堅決主張」型的選民的支持。

第二種類型，應該稱之為「臨時變卦」型。這類選民雖不及前一類型人數眾多，可也佔了一個不可輕忽的比率，通常稱之為流動票。為什麼會有流動票呢？那正是因為人心不同各如其面，你無法要求每個人都那麼成竹在胸、篤定堅決，絕不更改。在這種類型中，臨時變卦的因素非常複雜，不易分析。可是粗略地看來也不外兩種：一種是本屬於優柔寡斷的性格，今天覺得保守黨有理，明天又覺得工黨不錯，一時雖然有心投工黨的票，事到臨頭一猶豫卻又變了保守黨。另外一種是屬於衝動性格的人，本來是支持保守黨的選民，不曉得那個保守黨候選人說錯了一句話刺痛了那根神經，一怒之下改投了工黨。因此「臨時變卦」型的選票最難掌握。競選者不但時時要小心謹慎以免大意地刺痛了某些人的神經，而且要懂得運用潛意識的影響力，使猶豫寡斷的人在重要關頭莫名其妙地圈了你的名字。

第三種類型則只好稱之為「盲目景從」型。這類人對政治本來就沒有興趣，平常既不參與政治活動，也不留心各政黨的言論和政策，投起票來真是兩眼一團黑。這類型中的多數乾脆放棄投票的權利。但其中也有少部分人，雖然兩眼一團黑，也貿貿然跟從別人去投了。這時候當然只好受別人的影響。老張說保守黨如何如何好，好啦咱就投保守黨吧！如果碰巧遇到的是堅決擁護工黨的老李，好，咱也投工黨！這其中當然也有些走向另一個極端，就是明明自己啥也不知啥也不曉，可就是天生愛抬槓，聽人一說保守黨好，咱偏投工黨不可！這種人雖與景從者背道而馳，

但其盲目則一，應該劃歸一類。當然愛如此抬槓的畢竟是少數，在盲目型中的大多數很容易為人牽了鼻子，所以競選者最後幾天的努力，常常可以左右這一類選民的選票。如果一個競選者胡弄到這些人的盲目景從，又有本事把本來放棄投票的人吸引到投票所來投你的票，那當選率就要大大提高了。

這三種類型的選民也並不全是固定的，三類之間常常可以彼此轉化。遇有政策不夠堅決的政黨，本來屬於「堅決主張」型的，可以轉化為「臨時變卦」型。遇到大難臨頭，「盲目景從」型也可以變得相當堅決。所以在競選時各政黨對控制這三種類型的選民的比率也要各顯神通。如果在「堅決主張」型對本黨有利的情形下，自然想盡辦法促使選民轉化為此類型的人。如果發現「堅決主張」型對本黨甚為不利，就不若設法誘使選民化為「臨時變卦」型來得好些。這次英國大選，保守黨因為握有制勝的先機，所以處處促使選民堅定信心。工黨則不免閃爍其詞，當然對堅決擁護工黨的選民很為不利，但不妨視之為一種迷惑擁護保守黨選民的手段。

在一個正常的社會中，本有各種各樣的人，所以不管多麼奇怪的政黨和候選人，若說全無景從者，那也是不可想像的事。數年前法國競選總統，其中有一位光屁股屁洞裏插雞毛的候選人，雖說明明是開玩笑，但景從者卻比據說很為中國人爭光的那位敲著木魚唸道經的女法士要多得多了。

選舉本來是件很莊重的事，按理不該開玩笑，但社會中既然存在有一部分不夠莊重的人，偶有不莊重的舉動，倒可以說是反映了社會的真實面貌，也可以鬆弛選民緊張的情緒，說起來倒也不算一件壞事。因此在選舉前、選舉中，開競選人的玩笑，時有所見。不但報上的漫畫使競選者怪態百出，電視臺也常常故意

剪輯成招笑的鏡頭。有些競選人，像屁股裏插雞毛之類固然是存心逗樂子，就是嚴肅的為了討選民的歡心，也不得不偶然出醜賣乖。佘契爾夫人雖然一向不苟言笑，但電視上偏偏讓她在水池裏拿大頂，或是光著大腿跳扭扭舞。有一張海報竟是佘夫人與美國的雷根總統合演《亂世佳人》的鏡頭，佘夫人抱在雷總統的懷裏。人皆以為佘契爾夫人很有涵養，不獨不見怪，還常常叫秘書打個電話或寫封公函什麼的誇讚喜劇演員們模仿得恰到好處，其實誰曉得這不是一種贏得選民歡心、傾心和同情心的故佈的手段。因為在以上三類的選民中，第一類絕不會因佘夫人跳了扭扭舞就改變主張，但第二類和第三類卻很可能看了佘夫人的醜像，或心花一放，或同情之心驟起，而改投她老人家一票。所以競選時期在西方是種既教人關心，又教人開心的大節日。

我們東方人搞選舉的不多，近年來也不過日本、印度和臺灣偶然舉行。我們東方的競選人卻多半屬於不苟言笑一類。如有人隨便開了玩笑，即使是出於善意，也很可能鬧個雙方都下不了臺。這是由文化傳統決定的，勉強不來。所以我們只好隆隆重重地板起臉來鬧選舉了！

原載一九八三年七月二十日《中國時報・人間》

# 大哉讓・保羅！

在讓・保羅二世訪問英國時，我在電視上看到他遠近鏡頭的各種面相。我覺得此人雖略有驕矜之氣，但方廉外露、勇毅內斂，是近世幾任教皇中最出眾的一位。以後見他不避艱險地去訪問中南美洲的是非之地，且數次當面直斥專橫霸道的專制暴君，為小民出氣，益發覺得此人非貪權無能之輩。而教皇訪問其在共黨治下的祖國，更證明了其勇毅、智謀均有過人之處。

波蘭本來就是歐洲的是非之地，本身問題複雜，又為列強環伺。今日波蘭的共產黨政府雖然已面臨到人民群眾的強烈反抗與挑戰，但外有強大的蘇俄軍力壓境，內有蠻悍的軍人掌權，且有匈牙利與捷克斯洛瓦克的前車之鑑，如有三長兩短，波蘭人民任人宰割時，西方國家看樣子仍不會插手。小小的波蘭，即使全國一致，上下同心，也難對付蘇俄的大軍，何況還有一小撮親蘇的波奸在裏通外國！在如此處境之下，可說是進退兩難。再加近幾年波蘭境內由於工人團結工會與共黨政府的對抗，已處在戰爭狀態。經濟方面破產，物質生活匱乏，精神痛苦，人民已瀕臨絕望的邊緣。當此時也，教皇的回訪祖國，給波蘭人民帶來了極大的振奮與安慰，所以有千千萬萬的波蘭人不惜奔波數十里、冒雨露宿郊野、忍饑耐寒，為的是要遠遠地瞥望教皇一眼。這一眼代表了信心、勇氣與希望，已死的上帝又在共黨當政三十多年後波蘭人的心田中復活了！

宗教是一種信仰，教會卻是人為的組織，具有一切人的長處與缺點。中世紀的教會本身代表的是一種黑暗的勢力。但近代基督教在式微中，卻又在其他黑暗勢力的籠罩下，發出閃閃的人性的光焰。就如我國的儒家，五四時代為有志革新的人士視做封建的餘孽、暴君的幫兇，但在中國人嘗盡了種種反儒道而行的痛苦之後，也未嘗不覺得儒家並非毫無可取之處。但是在中國人心中需要安慰的時候，是否有一個儒家的聖人賢者，像讓・保羅似地涉險把儒家的光輝重新點燃起中國人民的希望呢？

　　　　　　原載一九八三年九月二十一日《中國時報・人間》

# 落葉歸根

最近聽美國某大學的一位中國名學者演講，看他手把煙斗一副紳士派頭，倒有幾分頗像英國人，及至一開口，那一嘴支離破碎的英語可真夠人聽的！這還是從年輕時代就在美國混，現在已經快到了退休的年紀，尚且如此，聽了實在叫人心酸。

另一位已退休的中國學者，原在香港長大，在英國前後已住了五十多年，說起英語來仍好像嘴裏含著個核桃。聽的人非常替他老人家著急，為什麼不把核桃吐出來再說？可是這個核桃是永遠吐不出來的。

這樣的例子可多了。看了這種種的形貌，不免悚然而驚，這還不都是我自己的鏡子嗎？我自己嘴裏不也是含著個核桃？恐怕只有應用自己母語的時候才能把核桃吐出來。

這就可以明白為什麼才子如林語堂者，富豪如張大千者，都不願在國外終老。國外雖好，無奈是人家的。年輕的時候因為具有一股朝前的衝勁兒，尚不覺得這種差異；到上了年紀，不管用了多大的力氣來東施效顰，最後仍落得個四不像！就像鴨子混在雞群裏，不像雞固然叫人覺得可憐，太像雞也一樣叫人覺得可憐。真是左右不是人！

如果天生糊塗，或故作糊塗，倒也可以快樂度日。可悲的是具有自知之明的人，每一個午夜夢廻之時，都不能不千百遍地自問：「胡不歸？胡不歸？」

原載一九八三年十月二十八日《中國時報‧人間》

# 馬森著作目錄

## 一、學術論著

《莊子書錄》，台北：台灣師範大學國文研究所集刊，第二期，1958年
《世說新語研究》，台北：台灣師範大學國文研究所，1959年
《馬森戲劇論集》，台北：爾雅出版社，1985年9月
《文化‧社會‧生活》，台北：圓神出版社，1986年1月
《東西看》，台北：圓神出版社，1986年9月
《電影‧中國‧夢》，台北：時報出版公司，1987年6月
《中國民主政制的前途》，台北：圓神出版社，1988年7月
《國學常識》（馬森與邱燮友等合著），台北：東大圖書公司，1989年9月
《繭式文化與文化突破》，台北：聯經出版公司，1990年1月
《當代戲劇》，台北：時報文化出版公司，1991年4月
《中國現代戲劇的兩度西潮》，台南：文化生活新知出版社，1991年7月
《東方戲劇‧西方戲劇》（《馬森戲劇論集》增訂版），台南：文化生活
　　新知出版社，1992年9月
《西潮下的中國現代戲劇》（《中國現代戲劇的兩度西潮》修訂版），台
　　北：書林出版公司，1994年10月
《二十世紀中國新文學史》（馬森、邱燮友、皮述民、楊昌年合著），板
　　橋：駱駝出版社，1997年8月
《燦爛的星空──現當代小說的主潮》，台北：聯合文學出版社，1997年
　　11月
《戲劇──造夢的藝術》（戲劇評論），台北：麥田出版社，2000年11月
《文學的魅惑》（文學評論），台北：麥田出版社，2002年4月
《台灣戲劇──從現代到後現代》，台北：佛光人文社會學院，2002年6月
《中國現代戲劇的兩度西潮》再修訂版，台北：聯合文學出版社，2006年
　　12月
〈台灣實驗戲劇〉，收在張仲年主編《中國實驗戲劇》，上海人民出版
　　社，2009年1月，頁192-235。
《戲劇──造夢的藝術》（戲劇評論），台北：秀威資訊科技公司，2010
　　年12月

《文學的魅惑》（文學評論），台北：秀威資訊科技公司，2010年12月
《台灣戲劇——從現代到後現代》，台北：秀威資訊科技公司，2010年12月
《文學筆記》（文學評論），台北：秀威資訊科技公司，2010年12月
《與錢穆先生的對話》（學術評論），台北：秀威資訊科技公司，2011年4月
《文化‧社會‧生活》（社會評論），台北：秀威資訊科技公司，2011年9月
《中國文化的基層架構》（論著），台北：聯經出版公司，2012年3月。
《世界華文新文學史——中國現代文學的兩度西潮》（五卷本文學史），台北：印刻出版公司，2014年10月。

## 二、小說創作

《康橋踏尋徐志摩的蹤徑》（馬森、李歐梵、李永平等合著），台北：環宇出版社，1970年
《法國社會素描》，香港：大學生活社，1972年10月
《生活在瓶中》，台北：四季出版社，1978年4月
《孤絕》，台北：聯經出版公司，1979年9月
《夜遊》，台北：爾雅出版社，1984年1月
《北京的故事》，台北：時報出版公司，1984年5月
《海鷗》，台北：爾雅出版社，1984年5月
《生活在瓶中》，台北：爾雅出版社，1984年11月
《巴黎的故事》，台北：爾雅出版社，1987年10月（《法國社會素描》新版）
《孤絕》，北京：人民文學出版社，1992年2月（加收《生活在瓶中》）
《巴黎的故事》，台南：文化生活新知出版社，1992年2月
《夜遊》，台南：文化生活新知出版社，1992年9月
《M的旅程》，台北：時報出版公司，1994年3月（紅小說二六）
《北京的故事》，台北：時報出版公司，1994年4月（新版、紅小說二七）
《孤絕》，台北：麥田出版社，2000年8月
《夜遊》，台北：九歌出版社，2000年12月
《夜遊》（典藏版）台北：九歌出版社，2004年7月
《巴黎的故事》，台北：印刻出版公司，2006年4月
《生活在瓶中》，台北：印刻出版公司，2006年4月
《府城的故事》，台北：印刻出版公司，2008年5月
《孤絕》，台北：秀威資訊科技公司，2010年12月
《夜遊》，台北：秀威資訊科技公司，2010年12月
《北京的故事》，台北：秀威資訊科技公司，2011年3月
《M的旅程》，台北：秀威資訊科技公司，2011年3月
《海鷗》，台北：秀威資訊科技公司，2012年3月

# 三、劇本創作

《西冷橋》（電影劇本），寫於1957年，未拍製

《飛去的蝴蝶》（獨幕劇），寫於1958年，未發表

《父親》（三幕），寫於1959年，未發表

《人生的禮物》（電影劇本），寫於1962年，1963年於巴黎拍製

《蒼蠅與蚊子》（獨幕劇），寫於1967年，發表於1968年冬《歐洲雜誌》
第9期

《一碗涼粥》（獨幕劇），寫於1967年，發表於1977年7月《現代文學》復
刊第1期

《獅子》（獨幕劇），寫於1968年，發表於1969年12月5日《大眾日報》
「戲劇專刊」

《弱者》（一幕二場劇），寫於1968年，發表於1970年1月7日《大眾日
報》「戲劇專刊」

《蛙戲》（獨幕劇），寫於1969年，發表於1970年2月14日《大眾日報》
「戲劇專刊」

《野鵓鴿》（獨幕劇），寫於1970年，發表於1970年3月4日《大眾日報》
「戲劇專刊」

《朝聖者》（獨幕劇），寫於1970年，發表於1970年4月8日《大眾日報》
「戲劇專刊」

《在大蟒的肚裡》（獨幕劇），寫於1972年，發表於1976年12月3～4日《中
國時報》「人間副刊」，並收在王友輝、郭強生主編《戲劇讀本》，
台北二魚文化，頁366-379。

《花與劍》（二場劇），寫於1976年，未發表，收入1978年《馬森獨幕
劇集》，並選入1989《中華現代文學大系》（戲劇卷壹），台北九
歌出版社，頁107-135，1993年11月北京《新劇本》第六期（總第60
期）「93中國小劇場戲劇展暨國際研討會作品專號」轉載，頁19-
26。（1997年英譯本收入*Contemporary Chinese Drama*, Hong Kong, Oxford
university Press, pp. 253-374.）

《馬森獨幕劇集》（內收《一碗涼粥》、《獅子》、《蒼蠅與蚊子》、
《弱者》、《蛙戲》、《野鵓鴿》、《朝聖者》、《在大蟒的肚
裡》、《花與劍》九劇），台北：聯經出版社，1978年2月

《腳色》（獨幕劇），寫於1980年，發表於1980年11月《幼獅文藝》323期
「戲劇專號」

《進城》（獨幕劇），寫於1982年，發表於1982年7月22日《聯合報》副刊

《腳色》（《馬森獨幕劇集》增補版，增收進《腳色》、《進城》，共11
劇），台北：聯經出版社，1987年10月

《腳色——馬森獨幕劇集》，台北：書林出版公司，1996年3月

《美麗華酒女救風塵》（十二場歌劇），寫於1990年，發表於1990年10月
《聯合文學》72期，游昌發譜曲

《我們都是金光黨》（十場劇），寫於1995年，發表於1996年6月《聯合文學》140期

《我們都是金光黨／美麗華酒女救風塵》，台北：書林出版公司，1997年5月

《陽台》（二場劇），寫於2001年，發表於2001年6月《中外文學》30卷第1期

《窗外風景》（四圖景），寫於2001年5月，發表於2001年7月《聯合文學》201期

《蛙戲》（十場歌舞劇），寫於2002年初，台南人劇團於2002年5月及7月在台南市、台南縣和高雄市演出六場，尚未出書。

《雞腳與鴨掌》（一齣與政治無關的政治喜劇），寫於2007年末，2009年3月發表於《印刻文學生活誌》。

《馬森戲劇精選集》，台北：新地出版社，2010年4月

《花與劍》（重編中英文對照本），台北：秀威資訊科技公司，2011年9月

《蛙戲》（重編話劇與歌舞劇本），台北：秀威資訊科技公司，2011年10月

《腳色》（重編本，內收《腳色》、《一碗涼粥》、《獅子》、《蒼蠅與蚊子》、《弱者》、《野鵓鴿》、《朝聖者》、《在大蟒的肚裡》、《進城》九劇及有關評論十一篇），台北：秀威資訊科技公司，2011年11月

# 四、散文創作

《在樹林裏放風箏》，台北：爾雅出版社，1986年9月

《墨西哥憶往》，台北：圓神出版社，1987年8月

《墨西哥憶往》，香港：盲人協會，1988年（盲人點字書及錄音帶）

《大陸啊！我的困惑》，台北：聯經出版公司，1988年7月

《愛的學習》，台南：文化生活新知出版社，1991年3月（《在樹林裏放風箏》新版）

《馬森作品選集》，台南：台南市立文化中心，1995年4月

《追尋時光的根》，台北：九歌出版社，1999年5月

《東亞的泥土與歐洲的天空》，台北：聯合文學出版社，2006年9月

《維成四紀》，台北：聯合文學出版社，2007年3月

《旅者的心情》，上海人民出版社，2009年1月

《漫步星雲間》，台北：秀威資訊科技公司，2011年4月

《大陸啊！我的困惑》，台北：秀威資訊科技公司，2011年4月

《台灣啊！我的困惑》，台北：秀威資訊科技公司，2011年4月

《墨西哥憶往》，台北：秀威資訊科技公司，2012年3月

# 五、翻譯作品

《當代最佳英文小說》導讀I（馬森、熊好蘭合譯），台南：文化生活新知
　　出版社，1991年7月（筆名：飛揚）
《當代最佳英文小說》導讀II（馬森、熊好蘭合譯），台南：文化生活新知
　　出版社，1991年10月（筆名：飛揚）
《小王子》（原著法國・聖德士修百里，飛揚譯），台南：文化生活新知
　　出版社，1991年12月
《小王子》（原著法國・聖德士修百里，馬森譯），台北：聯合文學出版
　　社，2000年11月

# 六、編選作品

《七十三年短篇小說選》，台北：爾雅出版社，1985年4月
《樹與女──當代世界短篇小說選（第三集）》，台北：爾雅出版社，
　　1988年11月
《潮來的時候──台灣及海外作家新潮小說選》（馬森、趙毅衡合編），
　　台南：文化生活新知出版社，1992年9月
《弄潮兒──中國大陸作家新潮小說選》（馬森、趙毅衡合編），台南：
　　文化生活新知出版社，1992年9月
馬森主編，「現當代名家作品精選」系列（包括胡適、魯迅、郁達夫、周
　　作人、茅盾、丁西林、沈從文、徐志摩、丁玲、老舍、林海音、朱西
　　甯、陳若曦、洛夫等的選集），台北：駱駝出版社，1998年6月
馬森主編《中華現代文學大系1989-2003・小說卷》，台北：九歌出版社，
　　2003年10月

# 七、外文著作

**1963**
*L'Industrie cinémathographique chinoise après la sconde guèrre mondiale* (論文), Institut
　　des Hautes Études Cinémathographiques, Paris.
**1965**
"Évolution des caractères chinois", *Sang Neuf* (Les Cahiers de l'École Alsacienne, Paris),
　　No.11, pp.21-24.
**1968**
"Lu Xun, iniciador de la literatura china moderna", *Estudio Orientales*, El Colegio de
　　Mexico, Vol.III, No.3, pp.255-274.
**1970**
"Mao Tse-tung y la literatura:teoria y practica", *Estudios Orientales*, Vol.V, No.1, pp.20-
　　37.

**1971**

"La literatura china moderna y la revolucion", *Revista de Universitad de Mexico*, Vol. XXVI, No.1, pp.15-24.

"Problems in Teaching Chinese at El Colegio de Mexico", *Journal of the Chinese Language Teachers Association in North America*, Vol.VI, No.1, pp.23-29.

*La casa de los Liu y otros cuentos* (老舍短篇小說西譯選編), El Colegio de Mexico, Mexico, 125p.

**1977**

*The Rural People's Commune 1958-65: A Model of Social and Economic Development* (Dissertation of Ph.D. of Philosophy at University of British Columbia, Canada).

**1979**

"Water Conservancy of the Gufengtai People's Commune in Shandong" (25-28 May, The Annual Conference of Association for Asian Studies).

**1981**

"Kuo-ch'ing Tu: *Li Ho* (Twayne's World Series), Boston, Twayne Publishers, 1979", *Bulletin of SOAS*, University of London, Vol. XLIV, Part 3, pp.617-618.

"*The Drowning of an Old Cat and Other Stories*, by Hwang Chun-ming (translated by Howard Goldblartt), Bloomington, Indiana University Press, 1980", *The China Quarterly*, 88, Dec., pp.707-08.

**1982**

"Jeanette L. Faurot (ed.): *Chinese fiction from Taiwan: Critical Perspectives*, Bloomington: Indiana University Press, 1980", *Bulletin of the SOAS*, Unversity of London, Vol. XLV, Part 2, pp.383-384.

"Martine Vellette-Hémery: Yuan Hongdao (1568-1610): théorie et pratique littéraires, Paris, Collège de France, Institut des Hautes Études Chinoises, 1982", *Bulletin of the SOAS*, Unversity of London, Vol. XLV, Part 2, p.385.

**1983**

"Nancy Ing (ed.): *Winter Plum: Contemporary Chinese Fiction*, Taipei, Chinese Nationals Center, 1982", *The China Quarterly*, ?, pp.584-585.

**1986**

"*Contemporary Chinese Literature: An Anthology of Post-Mao Fiction and Poetry*, edited with an Introduction by Michael S. Duke for the Bulletin of Concerned Asian Scholars, New York and London, M. E. Sharpe Inc., 1985", *The China Quarterly*, ?, pp.51-53.

**1987**

"L'Ane du père Wang", *Aujourd'hui la Chine*, No.44, pp.54-56.

**1988**

"Duanmu Hongliang: *The Sea of Earth*, Shanghai, Shenghuo shudian, 1938", *A Selective Guide to Chinese Literature 1900-1949*, Vol.1 The Novel, edited by Milena Dolezelova-Velingerova, E. J. Brill, Leiden • New York, KØbenhavn Köln, pp.73-74.

"Li Jieren: *Ripples on Dead Water*, Shanghai, Zhong hua shuju, 1936", *A Selective Guide to Chinese Literature 1900-1949*, Vol.1, The Novel, edited by Milena Dolezelova-Velingerova, E. J. Brill, Leiden • New York, KØbenhavn Köln, pp.116-118.

"Li Jieren: *The Great Wave*, Shanghai, Zhong hua shuju, 1937", *A Selective Guide to Chinese Literature 1900-1949*, Vol.1, The Novel, edited by Milena Dolezelova-Velingerova, E. J. Brill, Leiden • New York, KØbenhavn Köln, pp.118-121.

"Li Jieren: *The Good Family*, Shanghai, Zhonghua shuju, 1947", *A Selective Guide to Chinese Literature 1900-1949*, Vol.2, The Short Story, edited by Zbigniew Slupski, E. J. Brill, Leiden • New York, KØbenhavn Köln, pp.99-101.

"Shi Tuo: *Sketches Gathered at My Native Place*, Shanghai, Wenhua shenghuo chu banshee, 1937", *A Selective Guide to Chinese Literature 1900-1949*, Vol.2, The Short Story, edited by Zbigniew Slupski, E. J. Brill, Leiden • New York, KØbenhavn Köln, pp.178-181

"Wang Luyan: *Selected Works by Wang Luyan*, Shanghai, Wanxiang shuwu, 1936", *A Selective Guide to Chinese Literature 1900-1949*, Vol.2, The Short Story, edited by Zbigniew Slupski, E. J. Brill, Leiden • New York, KØbenhavn Köln, pp.190-192.

**1989**

"Father Wang's Donkey" (translated by Michael Bullock), *PRISM International*, Canada, Vol.27, No.2, pp.8-12.

"The Theatre of the Absurd in Mainland China: Gao Xingjian's *The Bus Stop*", *Issues & Studies*, National Chengchi University, Vol.25, No.8, pp.138-148.

**1990**

"The Celestial Fish" (translated by Michael Bullock), *PRISM International*, Canada, January 1990, Vol.28, No.2, pp.34-38.

"The Anguish of a Red Rose" (translated by Michael Bullock), *MATRIX* (Toronto, Canada), Fall 1990, No.32, pp.44-48.

"Cao Yu: *Metamorphosis*, Chongqing, Wenhua shenghuo chubanshe, 1941", *A Selective Guide to Chinese Literature 1900-1949*, Vol.4, The Drama, edited by Bernd Eberstein, E. J. Brill, Leiden • New York, KØbenhavn Köln, pp.63-65.

"Lao She and Song Zhidi: *The Nation Above All*, Shanghai Xinfeng chubanshe, 1945", *A Selective Guide to Chinese Literature 1900-1949*, Vol.4, The Drama, edited by Bernd Eberstein, E. J. Brill, Leiden • New York, KØbenhavn Köln, pp.164-167.

"Yuan Jun: *The Model Teacher for Ten Thousand Generations*, Shanghai, Wenhua shenghuo chubanshe, 1945", *A Selective Guide to Chinese Literature 1900-1949*, Vol.4, The Drama, edited by Bernd Eberstein, E. J. Brill, Leiden • New York, KØbenhavn Köln, pp.323-326.

**1991**

"The Theatre of the Absurd in Mainland China: Kao Hsing-chien's *The Bus Stop*" in Bih-jaw Lin (ed.), *Post-Mao Sociopolitical Changes in Mainland China: The Literary Perspective*, Institute of International Relations, National Chengchi University, Taipei, pp.139-148.

"Thought on the Current Literary Scene", *Rendition* (A Chinese-English Translation Magazine), Nos.35 & 36, Spring & Autumn 1991, pp.290-293.

**1997**

*Flower and Sword* (Play translated by David E. Pollard) in Martha P.Y. Cheung & C.C. Lai (ed.), *Contemporary Chinese Drama*, Hong Kong, Oxford University Press, pp.353-374.

**2001**

"The Theatre of the Absurd in China: Gao Xingjian's *Bus-Stop*" in Kwok-kan Tam (ed.), *Soul of Chaos: Critical Perspectives on Gao Xingjian*, Hong Kong, The Chinese University Press, pp.77-88.

**2006**

二月，《中國現代演劇》（《中國現代戲劇的兩度西潮》韓文版，姜啟哲譯），首爾。

**2013**

*Contes de Pékin,* Paris, You Feng Libraire et Editeur, 170p.

# 八、有關馬森著作（單篇論文不列）

龔鵬程主編：《閱讀馬森──馬森作品學術研討會論文集》，台北：聯合文學出版社，2003年10月

石光生著：《馬森》（資深戲劇家叢書），台北：行政院文化建設委員會，2004年12月

廖玉如、廖淑芳主編：《閱讀馬森II──馬森作品學術研討會論文集》，台北：新地出版社，2014年8月

語言文學類　PG1195

# 東西看

作　　者 / 馬　森
責任編輯 / 段松秀
圖文排版 / 周妤靜
封面設計 / 陳佩蓉

發 行 人 / 宋政坤
法律顧問 / 毛國樑　律師
出版發行 / 秀威資訊科技股份有限公司
　　　　　114台北市內湖區瑞光路76巷65號1樓
　　　　　電話：+886-2-2796-3638　傳真：+886-2-2796-1377
　　　　　http://www.showwe.com.tw
劃撥帳號 / 19563868　戶名：秀威資訊科技股份有限公司
　　　　　讀者服務信箱：service@showwe.com.tw
展售門市 / 國家書店（松江門市）
　　　　　104台北市中山區松江路209號1樓
　　　　　電話：+886-2-2518-0207　傳真：+886-2-2518-0778
網路訂購 / 秀威網路書店：http://www.bodbooks.com.tw
　　　　　國家網路書店：http://www.govbooks.com.tw

2014年9月　BOD一版
定價：220元
版權所有　翻印必究
本書如有缺頁、破損或裝訂錯誤，請寄回更換

國家圖書館出版品預行編目

東西看 / 馬森作. -- 1版. -- 臺北市 : 秀威資訊科技,
　2014.09
　　面；　公分. -- (語言文學類 ; PG1195)
　BOD版
　ISBN 978-986-326-271-8 (平裝)


855　　　　　　　　　　　　　　　　103013186

# 讀者回函卡

感謝您購買本書,為提升服務品質,請填妥以下資料,將讀者回函卡直接寄回或傳真本公司,收到您的寶貴意見後,我們會收藏記錄及檢討,謝謝!
如您需要了解本公司最新出版書目、購書優惠或企劃活動,歡迎您上網查詢或下載相關資料:http:// www.showwe.com.tw

您購買的書名:_____

出生日期:_____年_____月_____日

學歷:□高中(含)以下　　□大專　　□研究所(含)以上

職業:□製造業　□金融業　□資訊業　□軍警　□傳播業　□自由業
　　　□服務業　□公務員　□教職　　□學生　□家管　　□其它_____

購書地點:□網路書店　□實體書店　□書展　□郵購　□贈閱　□其他

您從何得知本書的消息?

　　□網路書店　□實體書店　□網路搜尋　□電子報　□書訊　□雜誌

　　□傳播媒體　□親友推薦　□網站推薦　□部落格　□其他_____

您對本書的評價:(請填代號　1.非常滿意　2.滿意　3.尚可　4.再改進)

　　封面設計____　版面編排____　內容____　文/譯筆____　價格____

讀完書後您覺得:

　　□很有收穫　□有收穫　□收穫不多　□沒收穫

對我們的建議:_____

_____

_____

_____

11466
台北市內湖區瑞光路 76 巷 65 號 1 樓

**秀威資訊科技股份有限公司** 收

BOD 數位出版事業部

......................................................................................

（請沿線對折寄回，謝謝！）

姓　　名：＿＿＿＿＿＿＿＿＿　年齡：＿＿＿＿　性別：□女　□男

郵遞區號：□□□□□

地　　址：＿＿＿＿＿＿＿＿＿＿＿＿＿＿＿＿＿＿＿＿＿

聯絡電話：(日)＿＿＿＿＿＿＿＿＿＿　(夜)＿＿＿＿＿＿＿＿＿＿

E-mail：＿＿＿＿＿＿＿＿＿＿＿＿＿＿＿＿＿＿＿＿＿